秘薬紫雪／風のように

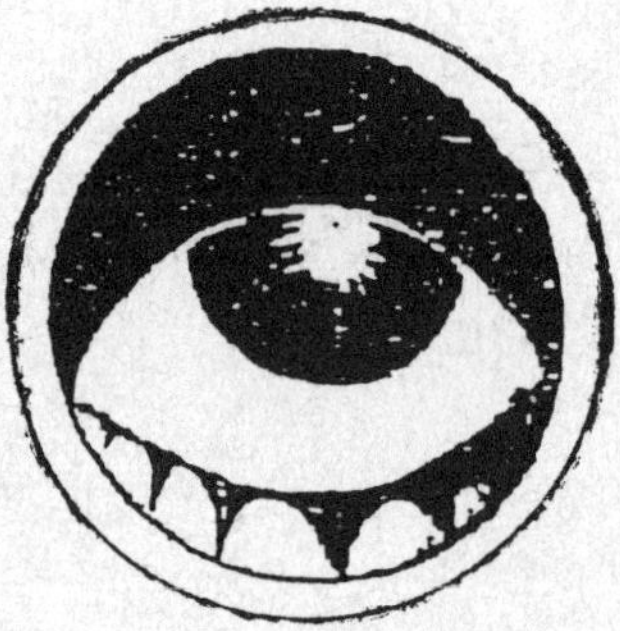

竹久夢二

作品社

秘薬紫雪／風のように

目次

装画
竹久夢二
「秘薬紫雪」

秘薬紫雪

1

「矢崎忠一は妻を殺しました」

陸軍中尉矢崎忠一は、師団長の私宅玄関を入りながら我鳴った。まるで酔《よっ》ぱらった人のように、いやに虚勢を張りながら言った。

「どなた様で御座いますか」と三つ指をついて出迎えた女中を、矢崎はにらみつけて
「どなた様か貴様にはわからん、師団長を呼べ！」

女中がびっくりして引込《ひっこ》むと、ただごとならぬ気配を感じて、夫人がすぐ現れた。

「や、おくさん。矢崎忠一は、最愛の妻を殺しました。ピストルでずどんとやりました」夫人は、矢崎の蒼ざめた顔と、どろんと見据えた眼とを見てとって、師団長を呼んだ。

師団長のまえに、矢崎は悄然《しょうぜん》と坐った。

「苟《いやし》くも軍人たるものが、敵に事を欠いで、女一疋《いっぴき》を殺すなどとは、痴情のために血迷ったとは言え、なんという大馬鹿だ」

「はい、そうであります、閣下」

「はいとは何事か、大和魂を忘れおったか。男子たるものが、何故《なにゆえ》その場で潔く自決しないのだ」

「そこであります閣下。私は命を惜《おし》んだのではありません。罪なくして死んだ妻を思いやればこそ、自ら罪の苦業を受けようと決心したのであります。それがせめてもの手向《たむ》けであります」

老将軍は、深く首を垂れた矢崎を瞰下《みおろ》しながら、さすがに憮然《ぶぜん》とした。

白山の雪は、朝の日光《ひかり》をうけてうらうらと紫色に、いましも、眠りからさめた金沢の城下を照《てら》した。

2

万事終った。それにしても、と矢崎忠一は思うのだった。どうしてこんな風な成行《なりゆき》になってしまったのか、今更《いまさら》考えても、後の祭りにちがいないが、僅《わずか》十数時間まえの自分と、のちの自分とが、こんなに全く違った心持で、世間を眺め、妻を眺め、自分を眺めていることが不思議でならなかった。

結婚して足かけ三年、俺にとっては彼女《あれ》は恋女房であり、彼女《あれ》は俺を熱愛していないまでも、まさか憎んでも嫌ってもいなかった。それが証拠には（彼は軍人らしい考え方で考える）俺と三年間、まあたいした喧嘩《けんか》らしいこともせずに、仲よく暮して来たではないか。そして妻はなかなか俺に従順だった。それだのにどうした訳だろう。彼女《あれ》は、あの晩に限って、今まで一度も見せたことのないような厳然とした顔をして言った。

「あなたは取返《とりかえ》しのつかないことを仰言《おっしゃ》いましたわね。しかしあたしはもう覚悟をきめました。あなたはあたしの良人《おっと》です。さ、どうでも気のすむようになさい」

俺は、てっきりこうおもった。奴は犯した罪があばかれそうになったので一旦はあわてたが、わかったうえは仕方がないと腹をきめて、居据わって不貞腐《ふてくされ》てそう言ったのだ。そこで俺は、ピストルで彼女《あれ》の鼻の上を射貫《うちぬ》いた。その足で、男の居所をつきとめにいった。そしてはじめてあの男から事実の真相を——妻の無実の罪を聞きしったのだ。俺はあの男——立花春吉が俺の妻と何等非難すべき間柄でなかったことを信じる。それにしても「あなたは取返しのつかないことを仰言いましたわね」というのがわからない。と、矢崎忠一は考える。矢崎が妻を打殺《うちころ》しながら女々しく自決し得なかった原因も実はそこにあるのだ。作者は矢崎に代ってその訳を話そう。

3

世の中には下手な通俗小説よりも不自然でもっと不思議な事件が実際に行われているかとおもうと、人殺しをしたり自殺したりする人間の心持が、思いのほか単純で、第三者には却《かえっ》てその道筋が呑込《のみこ》めないような場合さえあるものだ。彼の場合は、その二つの場合が相交《あいまじ》りもつれたので、本篇の主人公矢崎忠一は、事件の渦のまん中で気を失ってしまってぽかんとしてしまったのである。

矢崎がまだ世田ヶ谷の砲兵隊へ勤務している頃だった。渋谷駅の近くにカフェ・リラというフランス風の清洒《せいしゃ》なカフェがあった。舶来の酒をうまく呑ませるという評判で、多摩川あたりへピクニックに出かける若い紳士達も通りがかりに腰をかけに寄ったものだ。

弟のを借りたかと思うような短い上衣《うわぎ》をきて、文明開化当時の巡査の制帽のような帽子を被った意気がった学生達も、銀座辺《あたり》からわざわざやってきた。その頃リラにえみ子という黒い賢い眼をもったウエイトレスがいた。おそらくカクテールよりもこの方が、若い散歩仲間を喜ばせていたのかも知れない。

えみ子は十六七に見えた。ぽっちりとした紅《あか》い唇は、いつも濡《ぬれ》ているようで新しい果実のさわやかさと清新な香りとを持っていた。と言って、誰がその唇を知っていたか、おそらくそれはまだ誰にも許さない断禁の果実であったであろう。

えみ子の人気は、そのすんなりしたものごしよりも、柔かそうで弾力のあるその指よりも、黒髪のかげに輝く眼よりも、その給仕振《サアビイスぶり》にあったのかも知れない。酔った客の無駄口や戯談《じょうだん》にさえ多くを答えないで、ただ「まあ」という。真剣に結婚を申込む男にでも、彼女はまず「まあ」をもって答えたであろう。イエスともノウとも答えないでも、蠱惑的《こわくてき》な眼で笑ってこの「まあ」をやれば、誰でも要領を得た気になるほど、この間投詞は魅力と効果とを持っていた。

なにしろえみ子は、美しい賢い少女であった。

4

「君はカフェ・リラを知っているか」矢崎の同僚立花春吉が、そう矢崎に訊いた。

「知らない」

「じゃリラの花形《スター》も知らないんだね。どうだい今日俺に付合《つきあわ》ないか、君がリラのえみ子を知らないのは残念だよ」矢崎は、立花の後についてリラの階段を剣をがちゃつかせながら上っていった。若い士官達は、彼の帯びた剣や拍車の鳴る音が自慢で、わけてこういう場所柄、それは晴がましいものであった。立花はものなれた調子で、勘定方《カウンタアー》に軽い会釈を返しながら、露台に添った卓《ていぶる》の一つに鷹揚に腰をおろして、室内を見廻《みまわ》した。

「あれだよ。そら、果物を運んでゆく」

矢崎は立花の視線を辿《たど》ってひとりのウエイトレスの姿を見つけた。「どうだいシャンだろう」

「そうかねえ」

「そうかねえはつれないな」

立花はすぐにえみ子の視線を摑《つか》まえて、指でこちらへ来るようにと合図をした。彼女は椅子の間をすらすらと縫いながら、立花の卓《ていぶる》に近づいて会釈をした。立花は煙草《たばこ》の灰を器用に指先でおとしながら、矢崎を「俺の友達だ、ぜひ君を見たいというのでね」と紹介した。

「まあ」彼女は、白い歯をちらと見せて愛嬌笑いをした。矢崎は、迷惑そうな顔をしていたが、えみ子が立花の註文をきいて卓《ていぶる》をはなれると、後姿を頭から腰まで、まじまじと見送っている。

「どうだい」

「うん」矢崎は、自分の意見をまとめるのにもなかなか時間《ひま》のかかる方だから、他人の暗示にかかることもないかわりに、自分が見当をつけると黙々とやってのける男だった。

此《この》独断が、時々彼をとんでもない深みへつれてゆくことがあった。そんな風だから彼は馬鹿馬鹿しく念の入《い》った逸話を沢山《たくさん》持っていた。ある時、こんな事があった。

5

矢崎は立花その他同僚二三人と、山の手のある料理屋で飲んだことがあった。席に侍した女のうちに、その時分あまり流行しない小紋を着流した芸者がいた。一眼見て矢崎はこの女にすっかり参ってしまった。矢崎は貸浴衣《かしゆかた》の帯へはさんだ手拭《てぬぐい》をとったりはさんだり、立ったり坐ったりしていたが、その女の前へいっていきなり結婚を申込んだものだ。横肥《よこぶと》りに肥った腰の先に手拭をぶらさげた格好もおかしかったが、その不器用な恋の表現がとても本気の沙汰とも思われないので皆笑った。ひとり矢崎はまじめであった。

「こんなお婆さんをどこがお気に召したのでしょうね」女はそう言って、矢崎の熱心な求婚をはぐらかしていた。小紋がよく似合う人柄で、もの静かで陰気でない、なかなか好い芸者だが、どうしてまた矢崎のような男が、この女を選んだのか思案の外《ほか》の不思議だった。矢崎は短兵急に女の手をとって談判をはじめた。年かさの女が「あなた駄目よ、そのひとはいけないの」とすかしても矢崎にはお察しがつかない。

立花は、座敷をかえて、そこで他の若い子を呼んでやったが、矢崎はそれには見向もしないで、時間になって貰《もら》って帰ってゆく小紋の女を、家まで送ると言ってきかない。階上階下大騒ぎで、矢崎は階子《はしご》の三段目から下まで転げ落ちてしまった。笑いごとじゃない。小紋の女は、矢崎を労《いた》わりながら言うのだった。

「あなたはあんまり肥ってるのね、あたしはこんなに痩せていて、とても釣合がとれないじゃないの。ね、後生だからもっと痩せて頂戴《ちょうだい》。そしたらあたし——あたしで好かったらいつでも夫婦になってよ」

その日から矢崎は、一週間断食して、痩《やせ》る工夫をこらしたというが、まさかという人もあった。まず断食はお話としても、この逸話は矢崎の面目が躍如としている点で、書きもらすわけにゆかない。

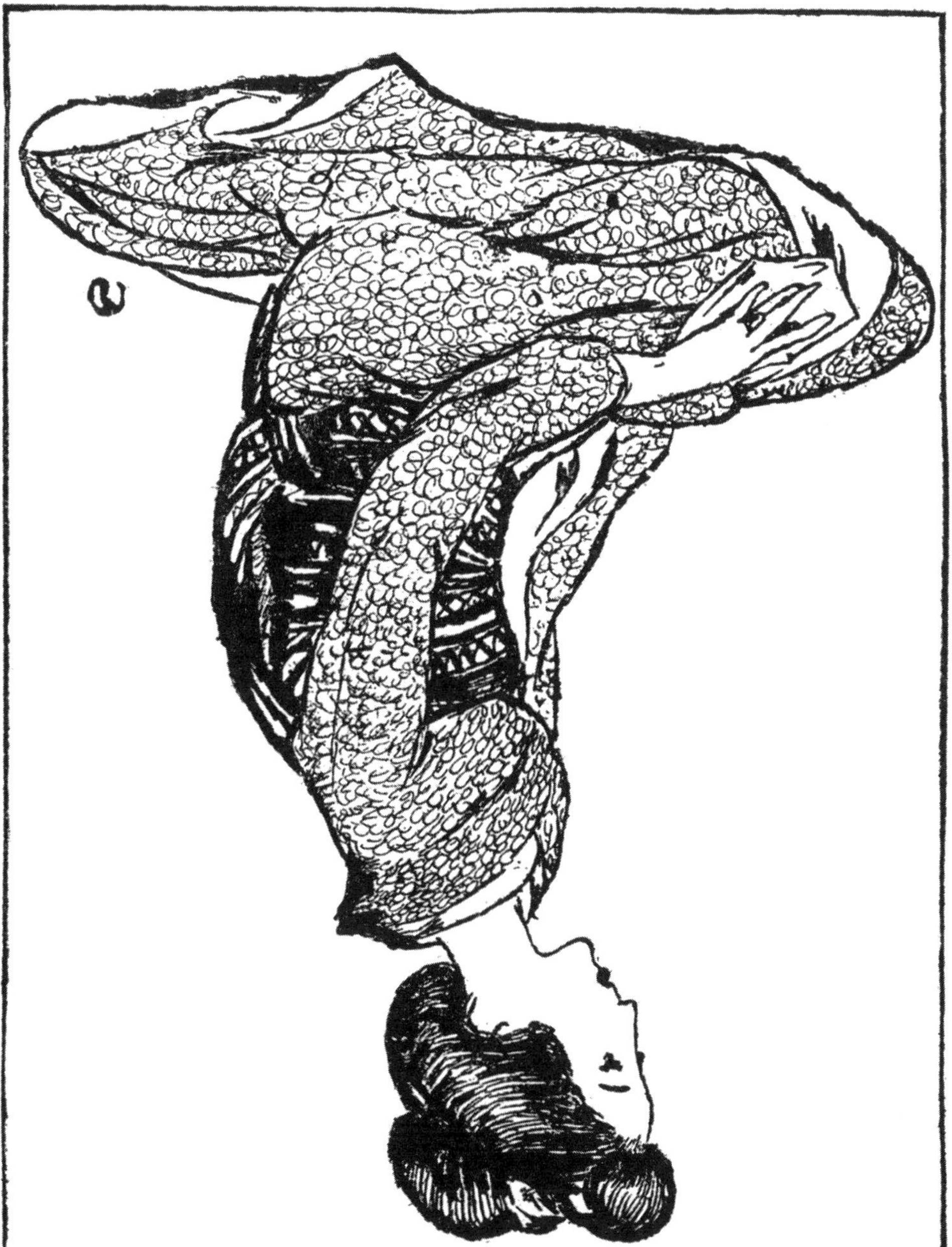

6

矢崎がはじめてカフェ・リラの階段を上ってから五日もたたない間に、彼はもうリラの常連の一人になっていた。今では自分の方から立花を誘っては毎日のように、リラの階段を上っていった。

矢崎と立花とは、学校時代からの親友で、一つ食卓一つ寝床、一つの袴《はかま》を二人して穿《は》いたほどの間柄で、二人はいつも一人の生活をしてきた。学校を出てからも同じ連隊に勤めることになった。その頃から、矢崎はとにかく一戸を構えたが、立花は依然気楽なホテル住居《ずまい》をしていた。二人の私的生活はこの辺から別々な方へ分れてゆくように見えたが、二人ともにまだ独身で、寄るとなく誘うとなくおなし心持でおなし方へ歩いていた。二人は常に仲が好いとか意見が合うとかいうのではなかった。矢崎は肥って強健そうに見えながら陰性だし、立花の方は陽性で、よく飲みよく歌い、笑ったり騒いだりすることの好きな性《たち》であった。矢崎はいつも迷惑そうに面白くもなそうな顔をしながら、立花とおかしな対照をしながら、若い独身者のゆく所へは、どこへでも一所《いつしよ》に出かけていった。しかし矢崎の、もさくさした口の利きようや不器用な動作は、若い女を喜ばせることが出来なかった。ところが立花はどんな低級な女とでも、自分も女とおなし低度の馬鹿になって話しもすれば騒ぎもするので、どんな女にでも好かれていた。浮調子な軽薄者に見えながら、彼は感情の底をはたくような男ではなかった。それは矢崎もよく知っている筈《はず》であった。立花は女に好かれる素質を、それかと言って、やたらに利用する男でもなかった。それも矢崎はよく理解していた。それだのに矢崎は、この頃立花に対して、自分にもはっきりわからない嫉妬を感じだした。ある日矢崎は、その嫉妬が何であるかを、明《あき》らかに知った。

7

「あの方のお宅はどちらですの」

自分の方からは殆《ほとん》どものを言いかけたことのないえみ子が、突然にこんなことを、立花が手を洗いに立った間に、矢崎に訊ねた。

「立花か」矢崎はえみ子の顔を見つめながら

「新宿のエス、ホテルだ。何故《なぜ》だい」

「なぜでもありませんわ。では、あの方おひとりですの」

「そうだ」

ここで矢崎は、戯談《じょうだん》の一つも言うところなのだが、えみ子の質問が極めて真面目なのと、若い娘が男の身許《みもと》を聞きただす心持が、どんな意味を持っているかを感じた矢崎は、戯談どころの場合ではなかった。そしてえみ子に独身者かどうかを訊かれたのは、自分ではなくて立花だということを考えついた時には、嫉妬に似たものが心臓の中で、もやもやと脹《ふ》くれ上った。しかし矢崎はえみ子を恋しているのではなかった。彼が健康な独身の男性だから、そしてえみ子が愛らしい娘で、いつでも顔を見ることも、話すことも出来るので、毎日のようにリラの階段を上ると云うわけで、女給《ウエートレス》を張りにくるその辺の定連《じょうれん》とすこしも異《ことな》りはないのであったが、いま、えみ子の立花に対する特別意味ありげな好意を見せられて、矢崎はひどく自信を傷つけられた。

矢崎は、自分というものが、えみ子の心の中にすこしの影さえもおとしていないことを知ると、戦闘意識がむくむくと湧いてきて、立花に対する羨望の情などは影を消《けし》て、えみ子を自分のものにしたい欲望《よくぼう》が、強い力で迫ってくるのを感じだした。

立花は、手洗場から自分の椅子へ帰ってきて、矢崎の充血したきびしい顔をすぐ見てとった。

「どうしたい、馬鹿にむずかしい顔をしているじゃあないか」

矢崎は心の裏を見られたようで、いささか気がさした。

8

「おい、お代りだ」矢崎はそう言ってブランデーの代りを言いつけた。立花は、矢崎の変調子の理由を強《しい》て訊こうともしないで、いつもの快活さで、えみ子の方へ話しかけた。

「どうだいえみちゃん、いつか郊外の方でも遠乗りしようじゃあないか」えみ子も矢崎の浮かぬ顔色を見ながら、黙っているので「ねえ君、こんどの日曜あたり行こうじゃあないか」こんどは矢崎の方へ向って言った。

「うん」

「ねえ、えみちゃん、ここのマダムもつれて行こうじゃあないか」

「よござんすね、矢崎さんもいらっしゃるわね」えみ子が矢崎の顔をのぞきこむようにして言うと、

「ああ、行っても好ぃよ」母親にすかされた駄々っ子のように、矢崎は答えた。

「ゆくか、そうきまりゃあひとつマダムに話そう」そう言って、立花は気軽に立上がって、勘定台のマダムのとこへ歩いていった。マダムは立花の提議をきいて

「まあ好ござんすわねえ。こんどの日曜日？　そうすると、十五日ですね。楽《たのし》みにしていますわ」と賛成した。マダムはここで声を低めて「えみ子は承知しまして？　むろんあなたと御一所だから大喜びでしょうが、いえね、いまひとりは誰をつれてゆきましょうね」マダムは口の辺に卑しい笑《えみ》を漂わせながら、ひとり呑込んだようなことをいうのが、立花には不快だったが、ちょっと嬉しい気がしないでもなかった。「さあ、それはマダムに任せますよ」

「じゃあ、まり子はいかが？」

「好ぃでしょう」

「ね、あの子なら」マダムは何もかも承知したような顔をして、そう決めた。

行程は、江戸川辺を鴻《こう》ノ台《たい》へ出て、市川の四季の里で昼飯《ちゅうはん》をして、そこから稲毛までのして、終列車のあるかぎりそこで遊ぶこと。

9

えみ子達が楽んで待った日曜日はついに来た。小春日のよく晴《はれ》た朝であった。カフェ・リラの戸口には、二台の自動車が出発の用意をして待っていた。えみ子もまり子も、今日は仕立下しの洋装で、いそいそとキャンデーやチョコレートやウィスキイの罎《びん》などを車へ運んだりした。

矢崎も今日は晴々とした顔をして早くからやってきた。「立花さん、あなたこっちの車へ乗って頂戴な、女ばかりじゃ心細いわ」マダムがいうと「いや、そりゃいけない、矢崎が淋しいや」

「そのかわり、まり子を矢崎さんの車へやりますわ。ねえ矢崎さん好いでしょう」

そんなことを言っている時、

「立花さん、お宿から電話ですよ」と言って、二階の露台からボーイが顔を出した。

「何だろう、宿から電話が掛るはずはないが」立花は急いで車から下りて内へ入っていった。みんなは、忘れ物でもしたんだろう位におもって気にもとめなかったが、ひとりえみ子だけは、電話の方へ聞耳をたてた。「え、なに、電報!?　そこであけて読んでくれたまえ……何!?　ハハキトク……うん……スグカエレ……」えみ子は顔色をかえた。立花はすぐ出てきた。

「知合にちょっと不幸が出来たそうだ。折角《せっかく》だったけれど僕は失敬する」

「まあ！」女達は咄嗟《とっさ》の間に、折角はずんでいた気を折られた失望と、不幸に対する同情とで、驚きの声をあげた。「矢崎、君は貴婦人達を失望させないように予定のプログラムを進めてくれたまえ。それで隊の方へは、二三日或《あるい》は一週間になるかどちらにしても届は出すが、君からもよろしくたのむよ。マダムそれじゃあ、えみちゃんもまっちゃんも」

「いいえ、そりゃいけませんわ。あなたの御不幸を知りながら遊山でもありません」とマダムがいう。

「いやいやそりゃ別問題だよ。なあにちょっとしたことなんだよ。ほんとに気にかけないで行ってくれないと俺が困るよ。ね、矢崎、好いかい。その代り車を一つ借《かり》てくよ。矢崎一人ならそっちへ乗れるだろう。おい新宿へやってくれ」立花を乗せた車は、軽く砂ほこりを残していってしまった。

10

「つまらないわねえ、立花さんがいないじゃあ」まり子は無邪気に思う通りを口へ出した。マダムも索然として、矢崎などと遊山にいったって何が面白かろうと、心におもっていた。えみ子はそんなことよりも、さっきの電話を聞いて、人事《ひとごと》ならず心を痛めているのであった。みんなの興味をそぐまいために「なあにちょっとしたことなんだよ」と言って打明けなかった立花の男らしいやさしい心持を嬉しくも、また悲《かな》しくも思うのだった。

「矢崎さん、どうしましょう？」マダムの気ではどうせ乗りかかった船だ、野暮な男をだしに一日遊んで見るのも一興だと腹をきめて言った。矢崎も女達の心持をこうあけすけに見せられて、いまいましくはあったが、この機会を逸してしまうのも惜しかった。

「立花もああ言ってるし行こうじゃないか」

「ねえ」マダムは自分の気持を納得させるようにそう言った。「さあ、えみちゃん、お前さんが心配したってどうにもなるんじゃないよ。さあさあ運転手さんやっとくれ」まるで離ればなれの心持を乗せて、車は出発した。それでも車が東京の街を出はずれて、やがて戸根川の堤を走る頃には、立花のことも忘れて白金色《プラチナいろ》に光る水や、黄金色《こがねいろ》をした稲田や舟や、野花の忙しく廻《まわ》るフィルムを車の窓から眺めていると、みなの心は、いつかのびやかに許されたように明るくなっていた。

「どうだい少し歩こうじゃあないか」

「好いわね」

一行は車を出て、矢崎を先登《せんとう》に歩きだした。「あれが鴻の台だ」ステッキの方へ眼をやって「あれ何するとこ？」まり子が訊いた。「今は公園になっているがね」矢崎はそこまで言って、振りあげたステッキで、草にまじった野菊の花を、力まかせになぐりつけた。

「まあしどいことをするわ」まり子は折れた野菊を拾いあげてそう言ったが、それは無意識にしたことで、矢崎は、ありあまる若い健康な力のやり場に困っているのであった。

11

立花は宿へ帰って国許からの電報を読んだ。まさに「母危篤すぐ帰れ」だ。隊の方へ一通の届書を出して、遊山姿のまま東北本線の汽車に乗りこんだ。

立花は会津若松の生れであった。立花が士官学校を卒業する前の年に父親は死んで、母親がひとり若松の町はずれに、茶を煎じながら静かにつつましく暮していた。娘の頃、江戸で育った母親は、東京は見たくないと言って、立花が学校を卒業してからも、自分の息子の許へ来ようともしなかった。そしてはるかに息子を愛していた。立花も、母を好きであった。父親は、会津の藩士で明治の騒動の時には、どうしたはずみか生きて残ったが、一片功名の心は失せなかったと見えて、立花を士官学校へ入れたのも、父親の希望であった。どちらかと言えば立花は、あんまり軍人という職業を好まなかったが、中学を出たばかりの少年には、頑固な父親の意見に反対するほどの、筋の立った反対の理由も意見も持っていなかったので、いつの間にか士官学校を出て軍人になってしまったのであった。

この挿絵を見て、読者は、立花のまぼろしにえみ子が立ったとか、えみ子のことを思い出しているのだと、即断してはいけない。

えみ子は、四季の里で一風呂あびて、宿の浴衣をきて、濡縁へ腰をかけて、見るともなくアカシヤの葉が色づいているのに、ぼんやりと見ていたのである。

立花は汽車の窓から白い薄《すすき》の穂が見るかぎり波うつ秋の野を見た。やがて白河へ来たことを知った。熱海を過ぎて、会津へ入ると、磐梯山には薄雪がしていた。

12

若松の停車場から大通りを母の家の方へ、立花を乗せた車は走っていた。すると、とある横町から、すうと一陣の風が流れて立花の顔へあたった。立花ははっとした。というのは、その風の中に子供の時に嗅いだことのある馴染《なじみ》の深い何かの匂いが交っていた。それが何の匂いであったか、どうも思い出せない。

と、その頃、中学校の制服であった猿袴を穿いた自分が、城の濠端《ほりばた》を歩いている姿が、ふっと面影に立った。その時分のことがぼんやりしているように、今、母の病気を見舞にゆく自分もまぼろしのようで、どれが現実の自分だかわからなかった。

遠くの方に、唐人髷《とうじんまげ》に結った小娘の後姿がぽっちりと歩いてゆく。その頃、母の許へ茶の湯や琴を習いにきていた、東山温泉の鴻の湯の末の娘だ。

どうしてあの娘のことなど眼に浮んだのだろう。

紫呉絽《むらさきごろ》の袖なしを着た、まだ年の若かった頃の母親の姿が見える。

鴻の湯は、東山の草分けの旧家である。昔城下のある武人が、東山へ遊猟に来て一羽の鴻の鳥を射止めたが、手負のままに見失ってしまった。日暮れ方にその武人が流れに添うた山路《やまみち》を下っていると、傷を負うた鴻の鳥が淵に立って流れで傷口を洗っているのを見た。武人はその谷川から神《かん》ながらの霊泉が湧き出ていることを発見した。武人は老後の余世《よせい》を養うために、そこに庵《いおり》をむすんだのが、鴻の湯のはじまりで、その遠い昔から、立花家と姻戚の関係があったことも、よく母親から聞かされていたものだった。

そんな事から鴻の湯の末の娘を、立花の母親は、自分の娘のように可愛がって

「うちにも雪野さんのような女の子がひとり欲しいねえ」とある時三人茶の間で茶を呑んでいる時、母親が言うと

「あたし小母《おば》さんとこの子になりたいわ」と雪野は、ませた口をきくのであった。

13

母親は黒い死の淵から双手《もろて》をさしのべて、ただひと目逢《お》うてゆきたいひとり息子を、今かいまかと待っていた。息子が帰ってその手を摯《と》った瞬間に、母親は安らかに眼を閉じた。

「もうお引取りになりました」主任の医者がもったいらしくそう言った。

立花は、枕辺をとりまいていた人達に、はじめてそれぞれ会釈をした。女連れは言い合したように手巾《はんけち》を眼にあてた。女連の中に、鴻の湯の雪野が交っていることは、立花の予感したところでもあったが、思いもかけないことのようにも思った。しかし立花は、この打沈んだ空気の中で、今まで曾《かつ》て感じなかった親愛の心をもって雪野を眺めたのであった。

野辺の送りを終えて、いろんな事務的な仕事を片づけているうちに初七日が来た。この日にも早朝から雪野が手伝いに、山から下りてきた。立花は、離室《はなれ》の一室で書類を整理しながら茶の間の方で、年老《としと》った女中と雪野が何か言っているのを遠くきいていた。雪野は今日の法事のことをこれも母の遠縁の山川未亡人と二人で、何かと用意しているのであった。雪野も、もうそういうことの出来る年頃になったのだと、立花は微笑《ほほえ》むような気持で、思って見た。

「お茶を入れましたから、これは兄様のお口には合わないものかも知れませんが」そう言って、雪野は離室へ入って来て、菓子鉢の蓋をとった。それは五郎兵衛飴《ごろべえあめ》であった。

「いや、これは珍しい五郎兵衛ですね」

「あの頃は、よく兄様召上《めしあが》りましたわ」

「そうでしたかね、そんなことまでよく覚えていますね」

「それは、覚えていますわ」

「そうそういつか棒飴を両端から喰《くわ》えて、食べくらをしたことがあったっけ」

「まあ」雪野はすこし頬を赤らめて「兄様こそ、よくそんな事まで覚えていらっしゃるわ」

「いくらぼくでもあのことは忘れませんよ」

14

立花がつい口に出した「あの事」というのは、実は何でもない事なのだが、若い時にはほんのちょっとした言葉とか、僅に指先が触れただけで、一生の運命が決定されることさえあるものだ。林檎《りんご》が木から落ちる一秒前に、もしもニュウトンが便所へでも立っていたら、引力説もずっと後になって発見せられることになったかも知れない。

ある年、立花が試験準備のために、東山の鴻の湯へきて、辞書と首っ引をしている時のことであった。勉強に労《つか》れた頭を休めるためお座敷の下を流れる水をぼんやり眺めている時分には、きっと雪野が、何かしらうまいお茶受けを持ってくるのであった。「入ってもよござんす?」

「いけないよ」

「うそばっかり。きょうはね、兄様のお好きな五郎兵衛ですわ」そう言って例の五郎兵衛飴を出して見せた。雪野は、もう十六になっていた。トランプや、松葉相撲や、「どこどこついだ」の遊びなどは、あんまり子供じみて、もはや二人の興味を引かなくなっていた。雪野は恋を知りそめる年頃の娘の本能で、好い遊びを思いついた。それは一本の棒飴を口で咥《くわ》えて両方からだんだんしゃぶってゆく遊びであった。「こうするのよ。そしてどちらが早く食べるか、して見ましょうよ」二人は一本の棒飴を口に咥えて、膝と膝とをくっつけて坐った。

「あら、そんなに引張っちゃいやよ」

雪野のやっと結んだ前髪の後毛《おくれげ》が、立花の頬にさわるほど顔をよせて眼を見合った。

「いや! 兄様は、そんな怖い眼をして笑わせるんですもの」そう言いながらも、雪野は胸がさわいで笑うどころではなかった。

「は、は、は、雪ちゃんだって随分おかしな顔をするよ」立花は、そうして戯談《じょうだん》にしてしまわないと逃げ場のない心持が身体中《からだじゅう》に熱してくるのを感じた。しかし、棒飴がついにしゃぶりつくされた時、ふたつの唇は慌ただしく触れ合った。ふたりが「あの事」と言ったのはこの事である。

15

それは果敢《はか》ない接吻《キッス》の真似事であった。もうふたりは再びこの棒飴遊びはしなかった。それは棒飴遊びをすることは直《ただち》に接吻《キッス》をすることであったから。それをすることは何か許されないことのように思えるので、お互《たがい》にそんな機会は避けるようになった。だからもうふたりは前のように無邪気な気持で遊べなくなってしまった。雪野は今までのように三時にお茶を運んできたが、いつも黙って部屋を出ていった。

それから間もなく立花は東京へ立ってしまって、母の死の日まで、雪野に逢う機会はなかった。「遠くなれば思わずなる」諺《ことわざ》の通りに、忘れるともなく心の中からいつか雪野の姿は消えていた。今日はからずも母の初七日に、雪野が五郎兵衛飴を出したのは、「あの事」を思い出させるための、ちょっとした愛の技巧であったのか、もっと深い心持からしたことか、それともただの偶然か、立花はそれを考えて見ようとしたが、結局どちらでも好かった。

立花は、昔に変らず、雪野を愛してはいるが、それは恋というべきほどのものではなかった。ふたりの「あの事」さえもいまは静かに思い出せるほど、それは単純な家族的《ファミリアル》な愛情に過ぎなかった。

「誰をでも、愛することは出来るが、恋することの出来ない男なのだろうか」そう自分を考えるのは寂しかった。

「矢崎の奴はまた女さえ見ると簡単にすぐ恋をする。いや、自分で恋しているのだと思い込む男だ。結句あの方が好いのかな」そんなことも考えて見た。

そういう立花の性格が、いままで恋らしい恋もせず、いろんな種類の女には愛されながら友情以上の間柄にならずにすんだ。

「あなたもまだおひとりだそうですが、今度は一人お貰いになって東京へお連れになってはどうでしょうねえ」と山川未亡人がそれとなく探りを入れた。

16

「ええ母もよくそう言っていました。そちらで気に入った人があるのなら兎《と》も角《かく》、望みなら連れてゆくって、手紙の毎《たび》に書いて来ましたが、そういう心持の準備がまだ、ぼくには出来ていないんです」

「心持の準備と申しますと、恋愛がなければ結婚しないと仰言るのですか」

「ええ、まそうも言えますが、まだ結婚のことは考えていないのです」

「それではなおさらですわ。お母様の亡くなられたのを機会にするのも変ですが、この機会に、お考えになってはどうでしょうか。随分、立入ったおせっかいだとお思いになるでしょうが、お母様のお心持もあなたは御存じだったと思います」

「それはどういう事でしょう」

「それでは私から申上げますわ。実はお母様は雪野さんをあなたへ望んでいらしたのです。むろん雪野さんもその心でしょうし、ただ残る問題はあなたが承知して下さるかどうかということだけですの」

「これは、いささか風雲急ですね」

「こんなことはそう急いで決められることでもありませんし、それかと言って、そういつまでも打やってもおけませんわ」立花は、彼が言っている通り、結婚についてはまだ何の考えも持合《もちあわ》せていなかった。だから結婚を拒《こば》む理由もないかわり、早く結婚しなければならぬ理由もないと思った。で、この問題はひとまず東京へ帰ってから返事することに、保留して貰うことにした。

　立花は、かねての理想通り、トランク一つの身軽な、文字通《もんじどおり》の簡素な生活に入るために母の死を期として、家、屋敷、家財、調度悉《ことごと》く処分してしまって、飄然《ひょうぜん》と故郷の町を出立した。

　ここに書落《かきおと》してならないことが一つある。それは、母が遺言して残していった二個の小函《こばこ》である。

　一つは立花へ、一つは雪野へと記してある。ふたりが誰と結婚しようとも、結婚した夜に開けて見よ。というのであった。立花は、その謎の小箱を一つ持って、東京へ帰って来た。

17

東京へ帰ったが、立花は矢崎に逢わなかった。立花は久しぶりにカフェ、リラの階段を上って、露台に添うた馴染の卓に腰をおろした。すぐにまり子が出てきた。「立花さん、しばらく」

「しばらくだったね。矢崎は来るかい」

「あの方、随分しばらくお見えになりませんわ。えみちゃんも此頃ずっと休んでいますわ」「そうかい」

「えみちゃんはお父様が病気だとか言うんだけれど、何だかわかりゃしないのよ」

「どうして？」

「どうって、ほ、ほ、ほ」まり子は袂《たもと》を口にあてててたまらないように笑いながら「そりゃおかしいのよ。矢崎さんがね、ほ、ほ、とても大変なの」

「矢崎がどうしたんだい」

「矢崎さんてばね、ほ、ほ、ほ、えみちゃんがね、ほ、ほ」と身体を揺りながら笑うのだ。

「馬鹿だねえ、どうしたんだい」

「丸いお煎餅を口にくわえて、さあえみちゃんとやろうって、矢崎さんがひつこく言うのよ。えみちゃんはいやだって逃《にげ》るのを、おかみさんがして御覧って言うのですもの。えみちゃんは、こう自分の眼をつむって、矢崎さんの顔を見ないようにして、だってあの顔を見ちゃ、誰だって一生男を断つ気になるわよ。あの眇目《ひがらめ》をこうよせて、とろんとした顔と言ったら、ほ、ほ、それでえみちゃんは眼をつぶってお煎餅をくわえると、いきなりぽきんと折っちゃったわ」

「いったい何の話なんだい」

「四季の里の一幕だわ」「なあんだ。それからどうした」

「知らないわ」まり子は、きょとんとした顔をして「立花さん、御存じないの」

「俺が何を知るものか」「まあいやだ、ほ、ほ、ほ」

まり子はそれ以外には笑って話さないし、それ以上に訊きただすのも大人げない気がするので、強て訊こうともしなかったが、矢崎の奴また何か仕出かしたな、と立花はひとり苦笑した。

18

「あら、お帰んなさい」リラの主婦《おかみ》はそう言いながら立花の卓の方へ近づいて「お国の方では御不幸だったそうで、淋しくおなんなさいましたねえ」

「なあにもう不足のない年ですから。これでぼくも文字通り独り者で、涼しくなりましたよ」

「まああんなことを仰言る。でもあんまり気楽すぎるのもお若いうちは薬ではありませんわ」

「ぼくはまだ、世間からそんな心配をされるほどお若いんでしょうか」

「仰言ること！　あんまり人気がおあんなさるから身が持てないかと、余計な心配もするんですわ」

「ぼくがそんな風に見えるのかなあ」

「とぼけていらして、たんと罪をおつくりなさるな。あなたのために泣いている娘があることを、すこし御存じだったら」

「ほんとうにしないから大丈夫です。それはそうと矢崎はどうしたんです、ここへもやって来ないそうですね」

「それで私も困っているんです」主婦《おかみ》は椅子をすりよせて、声をおとしながら「矢崎さんは、とても一方《ひとかた》ならぬ御執心なのに、一方は——そう申しても想像がおつきでしょう。あの子はあの通りおぼこいうえに気象《きしょう》がしゃんとしていますから、お座なりの返事なんかしやしません。それであなた矢崎さんはあたしにマダムどうにかしてくれってんでしょう。シャンペンを達引《たてひ》くのとは事が違います。野暮なことを言わないで、まあ一杯召上れで、あたしも飲みましたわ。お蔭様《かげさま》で稲毛も終列車もふいにして、葛西の芸者を惣揚《そうあげ》にしろっていう騒ぎでしょう。とうとうあなた夜明近くまで磯ぶし、八木ぶし、出雲ぶし、あなたのお友達ですが、結構な大尽のおとりまきで、夜が明けたら馬鹿馬鹿しくなりました」

「そりゃ面白かったな」

「ええ、そりゃまあ面白くてすんだのですが、それからが大変なんです」

19

「姿容《すがたかたち》のことを兎や角言うのじゃありませんが、あの方があすこの卓子《テーブル》に坐りこんで、見当のつかない眇目《すがめ》でこうじっと睨めていらっしゃると、まり子なんかは、もう顫《ふる》えて顔も出さないんです。えみ子は賢い子ですから、如才なくあつかって、毎晩のように酔って暴れる矢崎さんを車に乗っけては帰していました。そうすると一方はまた、その行届《ゆきとど》いた介抱が嬉しくなるという始末でしょう。しまいにはあなた、えみ子が家へ帰る時間を見計らっては、車で送ってやると言ってきかないんです。気の荒いコックなんかが何か言おうものならすぐ喧嘩です。じつに弱い商売です。そうなると客も落ちるし、そうかと言って、あの方に戸を立てることも出来ない、えみ子も、そうなるともう勤め悪《にく》くなって、この頃じゃずっと引いていますの」

「結局、矢崎はどうしようというんです」

「それがあなた、私どもにはわかりませんわ。たかが小娘です否も応もないじゃありませんか」

「結婚でもしようと言うんですか」

「まさかねえ。それが、その気でいらっしゃるんなら、どっちかに話のきまりも早いんですが、ただもう夢中なんですからねえ」

「は、は、は」

「笑い事じゃありません、あなたもお友達甲斐にどうにかしておあげなさいな」

「どうしようたって、交尾期の犬をどうしようもないようなものさ」

「だからお嫁さんを目《め》っけてあげれば好いんですわ」

「そう簡単に矢崎を見ちゃ可哀そうだが。えみちゃんは、どうだろうね」

「あなたのお言葉を借りれば、そう簡単にえみ子を見ちゃ可哀そうですわ」

「こりゃとんだ逆襲だね」

「わたしが見た眼に誤りがなけりゃ、えみ子はあなたを好きですわ。あなたこそあの子を貰っておやりになる気はございませんの？」

20

「ちょっと好きになったからって、すぐ結婚しなきゃならないって理由《いわれ》もないでしょう」

「でも殿方は、好い加減な年配で結婚なさらなきゃいけませんわ。こうしてここへ入らっしゃるのを見ても独身の方はすぐ分りますよ」「独身者はおっちょこちょいに見えますか」

「もう」主婦《おかみ》は立花を打つまねをして「あなたなんかは御勝手になさいだけれど、矢崎さんは心配ですわ」

立花はリラを出て、その足で矢崎の家を訪ねて見た。矢崎は昨夜出たきりまだ帰って来ない、この頃は日《ひる》も夜も家に居たことがないと、矢崎の母親は玄関へ出てきて、立花に愚痴をこぼすのであった。

「息子はお酒は戴《いただ》いても、いつも十二時前にはおとなしく帰って寝ていましたが、この頃ではお酒も飲まないで、たまに帰っても口ひとつきかず、何かきくと怒ってばかりいて、まあどうしてあんな馬鹿になったんでしょう」

「ぼくも国の方へいっていて、矢崎に逢わなかったものですから」

「ほんにお国ではお母様がおなくなりで、さぞまあ」

「いや、その節はまた御見舞など戴きまして」

「いいえあなた。おいくつでしたっけ」

「五十七です」

「まあね、わたしも五十九ですが、こう年をとると身寄のある国へ帰りたいと思いますよ」

立花は、母親と話しをしているうちに、ふっとあることを思いついた。

立花が矢崎の転任運動をはじめたのは、それから間もないことであった。運動が功を奏して、矢崎は金沢の連隊へ赴任することになった。同時に立花もおなじ金沢へやられることになったのは、不思議といえば不思議な縁であった。矢崎は一家を挙げて、立花もトランク一つ提《さ》げて、赴任するまえに、一度郷里若松へ一所に帰省することにした。矢崎と母親は、里方の親戚へ落付《おちつ》いたが、立花は母の家は売ってしまったので、とりあえず、東山の鴻の湯へトランクをおろした。

21

山国の秋はもう深かった。つい此程はただ頂《いただき》にほんのり薄雪のしていた磐梯山が、今はもう麓《ふもと》の方までまっ白に雪が降りていた。朝夕眺めた少年時代も、母をみとりに帰った数週前にも、この山は仰いだが、今日のように静かに厳《おごそ》かな山の姿を感じた事は曾てなかった。立花は思うのだった。自然の中に自然そのもののように生活していた少年時代には何も感じなかったが、人間は成人するに従って自然に叛《そむ》き、自然の暴威を恐れるようになってはじめて、自然の美しさを感じるものだ。矢崎の母親が故郷へ帰りたいと言った心持も解る気がした。立花は、故郷の山へきてはじめて、自分の半生とその仕事と、それから人生を、しずかに大観する事が出来るように思った。

国家、国家に属する国民、国家の為《ため》の戦争、立花の教養はそれに限られていた。すべての生活が結婚も、育児も、それを基調として考えられていた。母親が在世していたら、立花もやがてそうしたであろう。しかし今はあらゆる規絆《きずな》から脱して、ただひとりの軍人として、悠々と生活してゆける自分を考えながら、湯の町の渓流に添うて、いつの間にか土地の人が屏風岩《びょうぶいわ》と呼んでいる、岩の峡《はざま》まで歩いていた。


「兄様、ずいぶんあたし探しましたのよ」息をきらして、顔を真赤にしながら雪野が近づいてきた。

「町からお電話ですの、なんでも矢崎さんとか仰言いました」

「矢崎だって」

「ええ、今晩そちらへ遊びにゆきますからって、それだけ言ってくれれば好いって仰言いました」

「そう、どうもありがとう」

「矢崎さんって、あの、いつかお話しになったあの方ですの」

「そうだっけね。あの快男児さ、八木節の名人でね、今晩はひとつ鰌《どじょう》すくいでも踊らせよう」

「まあ、そんなことがお出来になるの」

「ぼくなんかより、ずっと芸人だよ」

22

　どちらが誘ったのでもなかった。ふたりは流れにそうた小径《こみち》を、だんだん奥へ奥へと歩いて、いつの間にか、小高い丘の上へ出ていた。そこからは野州越後の国境《くにざかい》の山々が眼のかぎり連《つ》らなっていた。

「でもあたし、兄様のお唄を覚えていましてよ。河原町のお宅で木津川を伺いましたわ」

「そんなことはないよ」

「いいえ、思い出せますわ。流るる方は木津川へ……ですわ。それから帰って言いましたっけ、お離室《はなれ》の書斎で唄っていらしったわ。あたしはお庭の石灯籠のとこで、なんですか悲くなって涙がぽろぽろ出るんですもの。どうしたわけか、あの唄だけはとうとう小母様に教わらずにしまいました。なんでもやっぱりこの頃の時候で、黒い庭土のうえに山茶花《さざんか》が散っていましたわ」

「よくいろんなことを覚えているんだなあ」

「覚えていても好いでしょう、ねえ兄様！」雪野はそう言って、白い指で野菊の花を、やけにちぎって投げすてた。はずみに眼からはらはらと涙をこぼした。

　立花は消えた煙草に慌《あわ》て火をつけて、何と雪野に言ったものかと言葉を探しながら雪野の方を見やった。眼に涙を一杯ためたまま膝のまつをじっと瞶《みつ》めてうなだれた髪の形が、この前の時とは違っているのに気がついて「今日は束髪に結《ゆい》ましたね」そう言ってしまってから立花は、我ながらつまらないことを言ったと思った。雪野はそれには何とも答えないでおなじ場所から眼を放さなかった。

　どこか遠くの草叢《くさむら》でりいりいりいと虫が鳴いている。どんより曇った空の下に人ひとり通らない谷は静かになった。息をつめた沈黙に立花は堪えられないと思った。雪野の言葉を穿鑿《せんさく》するまでもなく、その心持はよく知っていた。今もし彼女から恋を打明けられたら自分も彼女を恋していると答えるかも知れない。弱い自分を危《あやぶ》みおそれた。それは水を張った銀盤を捧げている心持で、立花は息をひそめて身じろぎ一つしないでいた。ちょっとでも動いたら水がこぼれでもするように。

23

「つまらないわ。小母様はお亡《なくな》りになるし、お兄様は遠くへいっておしまいになるし」

　雪野は、夢のように遠く連《つらな》った山の方へ眼をやりながら、独語《ひとりごと》のように言った。立花は雪野が客観的にものを言いだしたのを見て、ほっとした。

「人間って寂しいものだわね。親だって、兄弟だって、みんな独りびとりですわ。子供の時には何にも知らずに甘えて育ってきたけれど、大きくなると、みんなそれぞれ自分の事しか考えていないのね。親子の愛情だって随分利己的なものですわ。夫婦の愛だってやっぱりそうじゃないのでしょうか。だって、いくら愛し合った仲でも死ぬ時は別々だし、ひとりが死んでしまえば、すぐ自分の事を考えはじめるんですものね。つまらないわ。もっと変らない『永遠の愛』なんてものは、世の中にはないのでしょうかねえ」

「雪野さんはなかなか理想家なんだね」

「いいえ、理想家じゃないわ。世間の平和な家庭なんてものは、お互が賢く欺《だま》し合っているのじゃないかと思うの。だってみんなが自分の思う通りを口に出して言ったり、考えたことをずんずんした日には、家庭の平和なんてなくなりますわ。いやだいやだ。あたし家庭なんか持ちたいとは思わないわ」雪野は半分は立花に、半分は自分に言いきかせるように言った「だけどね。世間的な事情や約束なしに男と女とが愛し合う事だけは、本当の愛じゃないかとおもうの」

「つまり恋だけが本当の純粋な愛だって言うわけだね」

「ええそうですわ。結婚を最後の隠場《かくれば》にする恋は浮気だし、条件のついた愛は取引ですわ」

「しかしそれが世間一般の考え方なんだよ」

「こんなことを言ってても、あたしなんかどうなるんだか、一生この山の中へ埋れてしまうのかも知れませんわ。昔から女は家に即《つ》くと言いますもの、それに母があれですから、思うようにはゆきませんわ」雪野は悄然と首をたれた。

24

雪野の実母は、雪野が十三の時死んだ。その頃鴻の湯の女中をしていた女が、父の後添になったので、雪野もその女を母と呼ばねばならなかった。

「お母様は自分の身内のある男を、あたしに配偶《めあわ》せて分家させるつもりですの。自分の子がないものだからあたしに生れた子を世取にさせる腹なんです」

「では雪野さんを外へ出すつもりではないのだね」

「ええ、でも兄弟中であたし一人が女でしょう。だから何かと女の子は煙ったいと見えますわ。あたしだって家を出た方が好いんですけれど目的《あて》なしに家を飛出《とびだ》して職業婦人になるのもいやですもの、おなじ人中で苦労するんならまだ生れた家の方がましですわ。あたしも随分功利的な考え方をしているでしょう」

「でもまだそんな選択《えりこのみ》をしていられるうちは好いのですよ。ぼくなど軍人になったお影《かげ》で今ではもうどうにも生活を釘づけにされたようなものですからねえ」

「男の方は自由ですわ。望みさえなされば、どんな新しい生活でも御自身でお創《はじ》めになれるんですわ。そこへゆくと女は与えられる境遇を受身《うけみ》で待っているか、せいぜい我儘《わがまま》を言っても与えられるものをどっちか一つ撰《えら》ぶのが関の山ですわ」

「新しい生活なんか考えようともしませんね。母が死んでからやっと軍人で終る決心がつきましたよ。これまで新しい生活や家庭を夢みた時代があったのですがねえ」

「どうしてでしょうねえ。お兄様までがそんなことを仰言ると、あたし何だか世の中が寂しくなりますわ」

「いやそれがぼくの本来の性格なんです。孤独に甘えたり不幸にすねたりしているのじゃないのです。同情されては困るんです」立花はそうきっぱり言ってしまって、雪野に長い間負うていた債《おいめ》をすっかり返したような気安さを覚えて、心が軽くなった。

25

「それでお兄様は、金沢の方へはいつお立ちになりますの？」

「ぼくはいつでも行けるんですが、矢崎が妻君を探しているんです。東京をたつ時矢崎に面倒な恋愛事件があってね、その中へ入ってぼくが憎まれ役になって、矢崎をここまで連れて帰った関係上、妻君を眼《め》っけてやる責任があるんです。昨日もその事で町へいったんだが、奴なかなか綺量《きりよう》望みでね」

「そうざんすか」

「それはそうと、もう矢崎が来ているかもしれない。そろそろ帰ることにしよう」

「ええ」雪野も立上《たちあが》って、立花の後について丘をおりた。

「お兄様」雪野は笑いながら突然呼《よび》かけた。「なに」

「あたし今何を思ってるかお解りになる？」

「解らないね」立花も笑いながら「またあの頃のことでも思い出したんだろう。

おんば日傘で日が暮れて　提灯《ちようちん》ぶらぶらまいりましょ

たしかそんな唄をうたって、あの彼岸花をぶらさげて、よくこの坂を歩いたっけね」

「いいえ、もうそんな過ぎ去った日のことは考えないことにしましたわ。あたしねえ、お兄様」雪野は言い出すのを躊躇《ためら》っていたが、立花の顔を見あげて言い出した。「小母様に頂いた函を明《あ》けてもよござんすか」

　立花は驚いて、雪野を見返りながら「だって結婚して明けろっていう遺言なんだよ」

「でも、あたし結婚なんかしないもの」雪野は首をたれて言葉をおとした。「もし死ぬようなことでもあったら、見ても好いでしょう。ね、お兄様」

「馬鹿な、死ぬことなんか言うものではない」まるで子供だましのようなことを、あわてて言った。

気がつくと、もう鴻の湯の入口の橋の袂へ帰っていた。

26

立花と雪野が橋の上まで帰ってくると、鴻の湯の二階座敷の欄干から、つんつるてんの浴衣に着換《きかえ》た矢崎が手を挙げながら「やあ」と声をかけた。

立花も、雪野も同時にその方を振り仰いだ。この一瞥が雪野の運命を決することを誰しも感じるはずはなかった。雪野は、立花の友達であるところのむっくりした一人の男を、無関心に眺めたに過ぎなかったのだ。

「よく来たね、ひとりかい」立花は、矢崎の部屋へ入りながら言った。

「どうもね、郷里なんてものはいやだね、やれ義理だの世間だのって全くくさくさした」

「で、どうしたい例の方は？」

「松本の一件か、あれは問題にならないよ」そう言って、敷島の吸さしを川へ投捨《なげすて》た。

「あの娘ではお気に召さないという訳かね」

「うんざりしちゃったよ。いずれを見ても山家《やまが》育ちでね。今日はひとつ飲もうよ」

「またリラを思い出したね。いけねえいけねえ。俺に責任があるんだからね、今君に遁《に》げられちゃ全く困るよ」

そこへ雪野がお茶をもって入ってきた。矢崎は成熟しきった娘の白い手をじっと見ていたが、お茶を入れて娘が出てゆくと、待ちかねて立花に訊いた。「あれは誰だね。女中でもないようだが」

「君は知らなかったかしら、ここの娘だよ」

「そうか、じゃあよく君のとこへ稽古に通ってた、あの娘か。ふうん、そうか」

立花は、今更のように、雪野が今や婚期にある娘だということを、やっと覚《さ》とった。そして矢崎が今妻君を求めていることと、雪野を見てひどく気に入ったらしい口吻とに気がついて、矢崎がすぐ言出《いいだ》すであろう事を、考えずにはいられなかった。雪野を妻君に欲しいと、矢崎はきっと言出すに違いない。

狐湯
お土

27

もし矢崎が雪野を欲しいと言えば、さしずめ自分は斡旋《あっせん》の労をとらねばならない。雪野さえ承知すれば、家の方の事情はまず不承はあるまい。雪野が承諾するかしないかは別な問題として、雪野を矢崎にくれてしまうことは、何かむざむざと言ったような、どうも面白くない心持が、立花には感ぜられるのであった。知って見れば、矢崎は単純な善良な男ではあるが、いかにも雪野を惜い気がする。手の中の珠という気がする。しかし雪野は果して自分の手の中の珠であろうか。そんな理由《いわれ》はない。また雪野をどうしようという気があるのでもないではないか。つい先刻《さっき》も彼岸花の咲いた岡で、それとなく、雪野の切ない申出《もうしで》を斥《しりぞ》けたではないか。もし雪野が矢崎を望むなら、その望むことを遮る権利がどこにある！　雪野の心に任せて、雪野の幸福を望むこそ、愛に酬《むく》ゆる道だ。雪野が進んでゆく気なら、相手が矢崎でも誰でも好いではないか。立花は自分の考えていたことを恥《はじ》た。酒を呑みながらも、立花はその事を考えていた。

その晩は、矢崎もあんまり酔わなかった。床に入ってから、一つ部屋へ寝た立花に、矢崎はあらたまった調子で口をきった。

「変な訊き方をするが、君は雪野さんと恋愛関係はないのだろうね」

とうとう言い出したなと立花は思いながら

「ないよ」と簡単に答えた。

「じゃ雪野さんと婚約の中《なか》でもないね」

「ない」

「ぼくは雪野さんを貰いたいと思うがね」珍しく遠慮しながら言いだした。

「ぼくは雪野さんを恋しているんだ」電気を消しておいたから好かった。矢崎は喉につまったような感傷的な声でそう言ったかとおもうと、どたばたと寝返りを打った。立花はしばらく答えないでいたが、平静に「好いだろう、それは」とだけ言った。

28

立花は、矢崎の求婚の趣《おもむ》きを、まず雪野の父親に伝えた。身許も地位も申分なし、父親に異存はない。母親は分家をあきらめた際ではあり、遠ざけたい下心もあり、だが継《まま》しい仲だという世間への見えから、あの娘がその気ならと、結局承知するし、雪野の兄弟達には何も意見はなし、で肝心の当人の心持は、これは立花が承るということになった、さあこれは大役だと立花は思った。

立花は折を見て雪野にそれを切出《きりだ》した。

「とうとうお兄様からそんなお話をきかねばなりませんの？」と言って、ちょっと恨めしそうな表情をした。「で、お兄様は賛成なすったのね」

「うん、ぼくはその、賛成したよ」

「そう、それじゃあ、あたし嫁《ゆ》くわ」実に明快な、それが雪野の答えであった、泣かれたり口説かれたりこんがらがった問答を覚悟していた立花は、この簡単な答えを薄気味わるくさえ感じた、あの複雑さと、この単純さ、女というものがいよいよ解らない。

「何か一時の興奮で、こんな一生の大事をきめてはいけないが、本当に自分に得心して嫁けるんだね」立花は念をおした。

「ええ、あたしこうと決めたからは後悔なんかしませんわ」そう言って、じっと立花の眼を瞶《みつ》めて、はらはらと涙をこぼした。

「いや、雪野さんがその決心ならぼくは心配はしないよ」立花は、さっさと話をきめて、雪野の事を矢崎に伝えた。

喜んだのは矢崎で、この吉報を持って早速町の母の許へ帰っていった。母も喜んで、山の湯まで嫁を見に、よっちらよっちら出かけた。昔からの家柄ではあり、この娘なら私も気に入った。さあ善は急げで、早速、黄道吉日が選まれて、式を挙げる日どりもきまった。

29

この日、磐梯山の白無垢姿はまたなく美しいものであった。

「なんてまあ、しゃあしゃあと花婿の鼻っ先を瞰《にら》みつけたものだろう！　昔の嫁御寮は、もっと羞《はず》かしげに見えたものだった。これが当世かも知れないが」これが姑《しゅうとめ》の花嫁を見る第一印象であった。なにしろ目出度《めでた》く「高砂」を謡《うたい》おさめて、花嫁花婿は、世にも晴がましく怡《たの》しげに見えた。

その翌々日、新婚の夫婦とその母親と、媒酌人であるところの立花とを乗せた汽車は晴た冬の朝、威勢よく金沢の城下へ着いた。「百万石」と書いた菓子屋の商牌《かんばん》がまず花婿を喜ばせた。

「あれは何という山ですの、雪がまるで水晶のように紫色に光っているのね」雪野は車の上から山を指さして、立花を振りかえった。

「さあぼくもよく知らないが白山だろう」

「ちょっと若松に似てるじゃないか、山の工合《ぐあい》なんか」矢崎も口を入れた。

一行はひとまず指定の旅館に入ったが、矢崎は新家庭のためにすぐに家を一軒見付ねばならなかった。立花はこの宿屋へ入ったきりそれからずっと引続いて、この宿屋から連隊へ通いながら悠々自適の日を送っていた。

矢崎が浅野川のほとりに家を持つようになってから、立花も時折訪ねてはいったが、新家庭の空気は第一日から爽《さわや》かなものではないらしかった。

媒酌人というものは、新家庭が円満無事の時には忘れられているし、思い出して呼ばれる時は、きっと碌《ろく》なことではなかった。

雪野はいつも微笑を湛《たた》えていた。立花がたまに訪ねると、なつかしげではあるが、特別なもてなしもしないかわり、家庭のことについては、不満らしいことは少しも言ったことはなかった。話にもおなじように、いつもにこにことしていた。

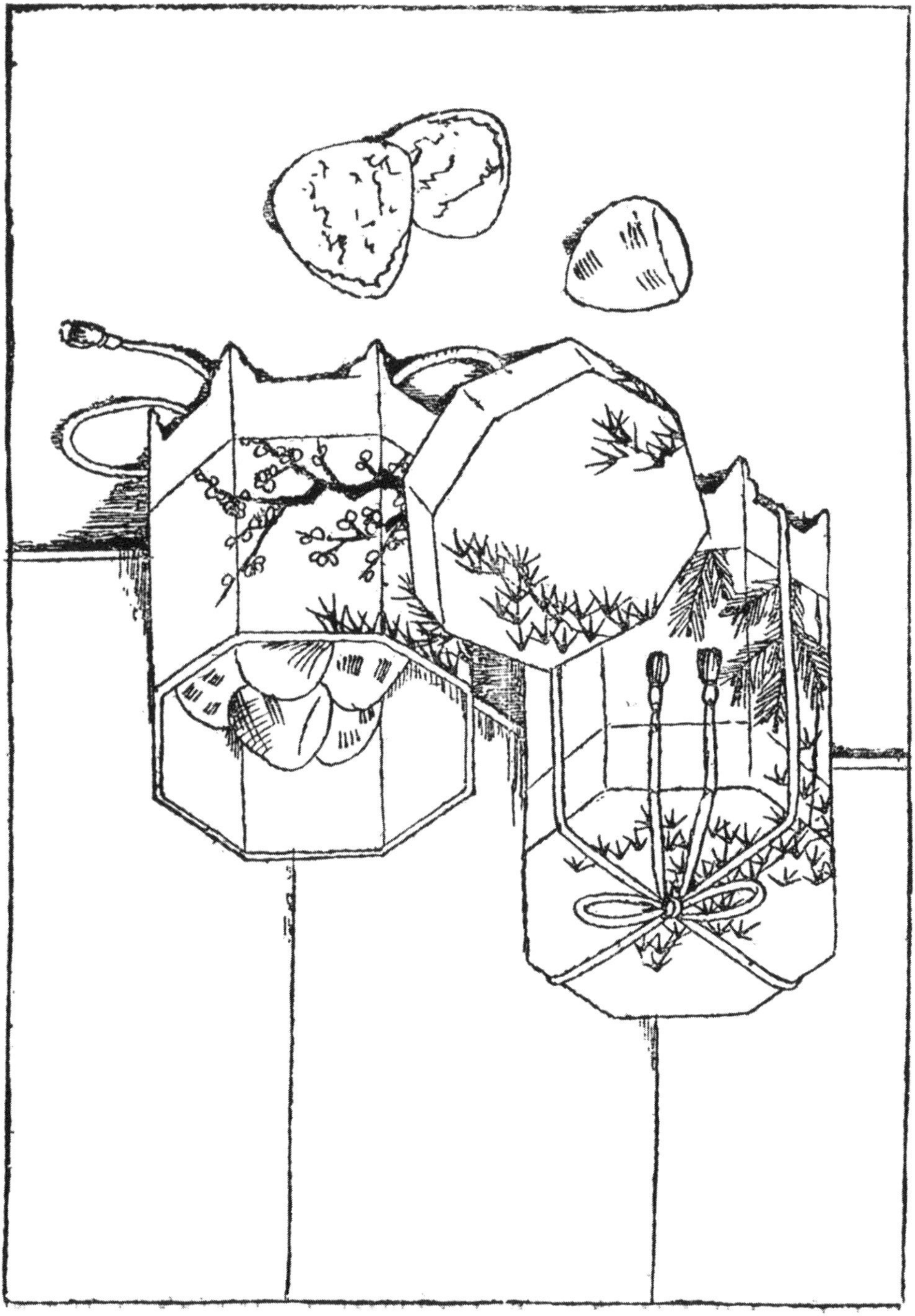

30

その年も暮《くれ》て、あくる年の一月七日の夜のことであった。連隊の新年宴会が浅野川の曙楼で催された。矢崎は早くから出席してしきりに盃を傾けていた。遅れ馳《ばせ》に入ってきた立花を見つけると、矢崎は自分の傍へ坐るようにと立花を招いた。

「どうしたい立花、遅かったじゃないか」

「好い気嫌《きげん》だね。ちょっと道で引掛《ひっかか》ったもんだから」

「なに？　道で引掛った！　なんに引掛ったんでい、はッ、はッ、まあ好いから飲めよ」

立花が盃を受けると、あちらからもこちらからもお銚子を持った妓《よね》たちが寄ってきた。

「きつう言わはる、なんや道草してはったんやて」

「まあ、そうどすか」

「えらい、なされかたどすえなあ」

「何が？」

「そやかて、あんたの左の小指はどうどす」

「ああこれか」盃を受けて出した立花の、左の小指には燦然《さんぜん》と輝く一個の指環《ゆびわ》があった。誰が眼にもそれは女持と見える美しいサフォイヤであった。

「俺だって恋人の一人ぐらいは、たまにはあるんだよ」

「いけずやなあ、ちょっと見せなはれ」そう言って妓達は、立花の小指から指環をぬきとって、裏に刻まれたローマ字を読んだ。「T、Y、これが女はんのお名どすか？」

先刻から指環の話を戯談《じょうだん》としてぼんやり聞いていた矢崎は、指環の裏の文字を読まれてはっとした。見ると、それは正《まさ》しく、去年の暮に、矢崎が愛妻雪野に買って与えたものに寸分違わなかった。Tは忠一の頭文字、Yは雪野の頭文字である。

矢崎は、ついと席を立ちあがって、曙楼を飛出した。

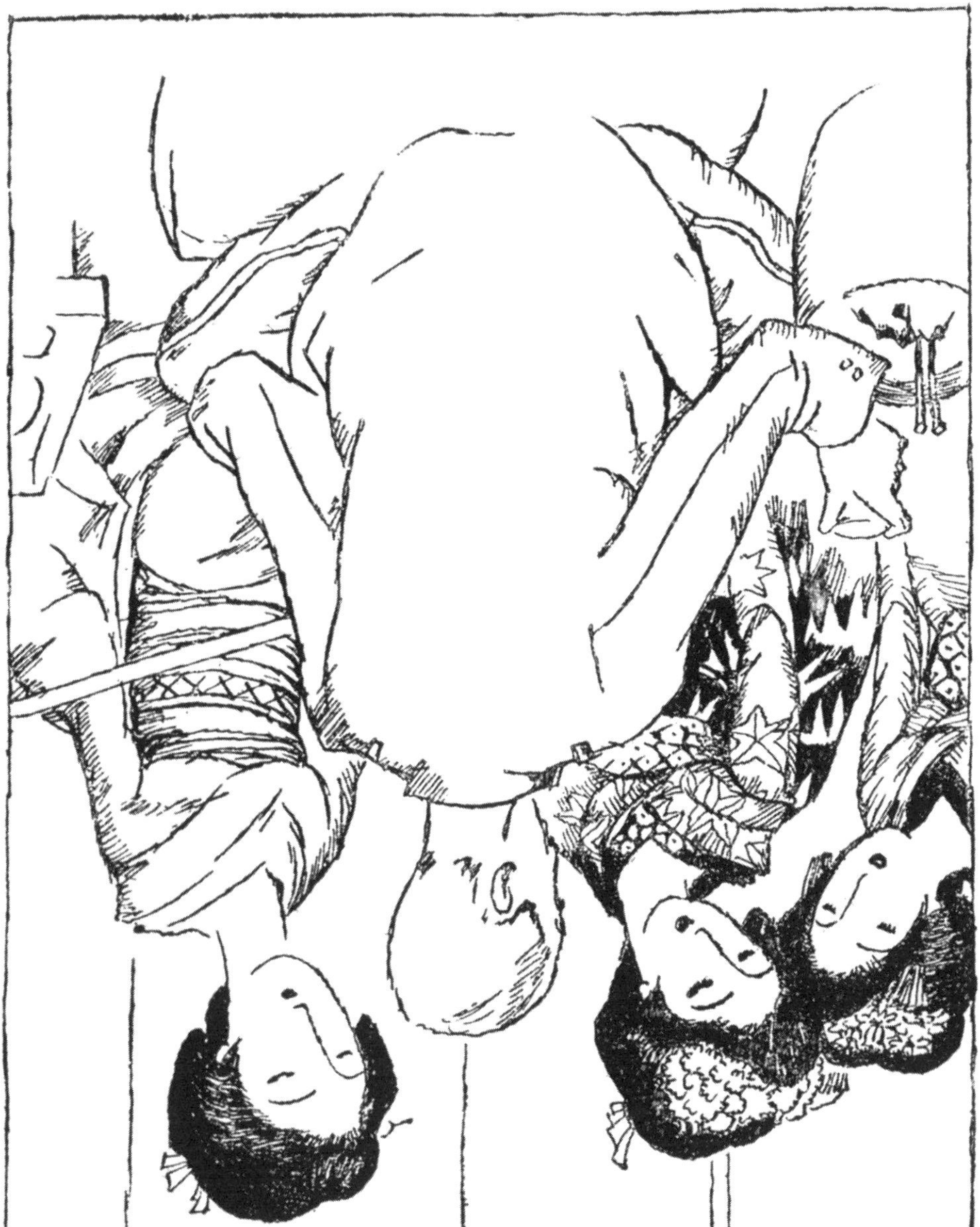

31

戸外はひどい暴模様《あれもよう》であった。見る限り灰色に降りしきる雪の奥に、ぼんやりならんだ街灯が、不思議な舞台効果を持って、まるで影絵《シルエット》のように見える矢崎が、変調子な足どりでよろよろと歩いてゆく風景は、なるほど芝居のようであった。

ある女が、自分の良人に秘して、幼馴染の男に指環を与える。こういう筋は人情劇によくあるやつだ。その不幸な良人がこの俺なんだ、と矢崎は考える。

「畜生、どうしてくれるか見てろ！」矢崎は景気よく声に出して怒鳴って見た。

「そうだとも、現在良人のある身で、他の男に心を寄せるなんて事があるもんじゃない。証拠はちゃんと上ってるんだぞ、おまけに指環まで与《や》るなんてなんという獣《けだもの》だ」

矢崎はもう一刻も猶余出来ない気がしだした。一刻遅れると一刻身の破滅が近づく。酒の酔も何も醒めかけた頰ぺたへ牡丹雪が、ぴしゃぴしゃと吹きつける。

「俺はそれを今日まで知らずにいたのか！」これは矢崎にとっては忍ぶことの出来ない屈辱であった。矢崎は今迄《いままで》にそれを感じないではなかった。ある夜の寝物語りに、矢崎を知る前に接した男がありはしなかったか、それとなく冗談らしく訊いたことがある。

「あなたはお馬鹿さんね。そんな事なんか訊いて、自分を恥しいとお思いにならない？　あなたをこんなに愛しているではありませんか」妻のこの言は矢崎の疑念をとかせ、「こんなに愛している」という「こんなに」に矢崎は参ってしまって、充分満足であった。

「俺はただ、その、ちょっと訊《きい》ただけなんだ」

「本当に愛する人ならそんなことは訊かないものよ。考えるだけでも不純だわ」妻君の不機嫌を見て、矢崎ははらはらしながら言う。

「考えていたことじゃないよ。もう決して言わない」矢崎は実際そんな事を考えたり言ったりする事には馴れなかった。ただ妻の腕《かいな》に擁せられていることだけが世上の満足であった。

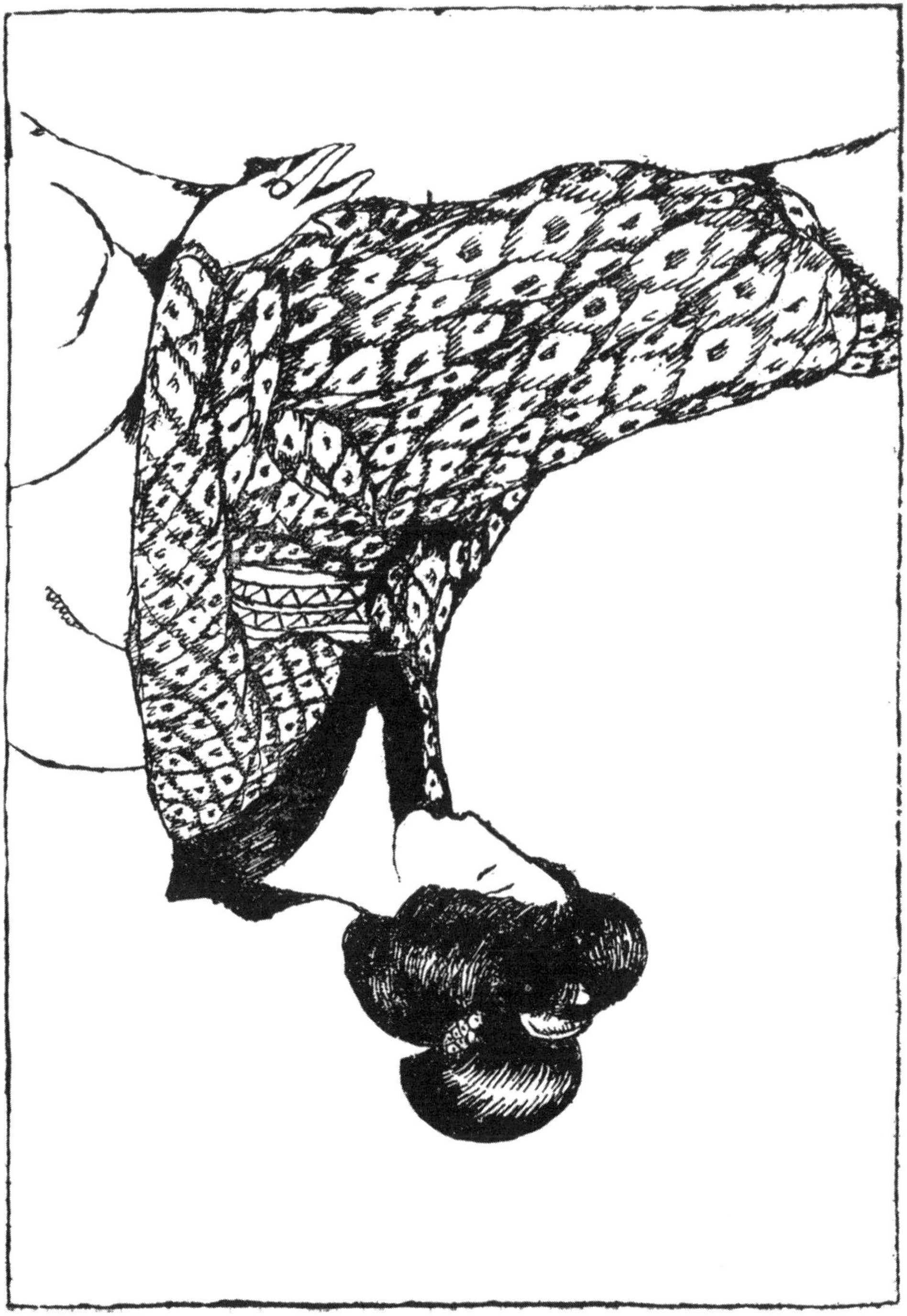

32

矢崎は降りしきる雪のなかで「こんなに愛している」ことを妻が示してくれた夜な夜なを思い出した。その楽い宵の想い出は、いま矢崎の心臓をむごたらしく締《しめ》つける緋鹿子《ひがのこ》の紐のように、美しく悩ましいものであった。

矢崎は妻の雪のように白い肌を想像した。暖かく柔かく豊かな肉体は、雪の下の大地のように、矢崎の身体を包んでくれたことを思い出した。

「まあ、あなたは何を仰言るの、指環はちゃんとここにあってよ。ほら、ね」

そう言って、雪野が何でもなかった指環を見せてさえくれたら、万事旧通《もとどお》りで、俺はまた幸福であった前のように生活出来るのだ。そして美しい雪野を前にも増して可愛がることが出来るのだ。俺は雪の中で芝居しているのではないだろうか。芝居であってくれ、夢であってくれ。

街灯の光を映してちらちらと光りながら舞いあがる雪の中に、彼女の眼、彼女の唇、腕や脛《はぎ》やいろいろの場合のものごしが、まとまりもなくちらつく。

「嘘だ！　俺を欺していたんだ！」その俺が欺されていたのだと感じることは、さすがに身に染みすぎて辛かった。だから、矢崎は勇気を出して俺を欺した彼女を憎もうとした。それは、彼女が曾て自分をしたように、また恋人をも愛撫したであろうある場面を想像することで、彼女を憎むことにすばらしく成功した。彼女の肉体の美しさを幻想に描けば描くほど、憎悪の感情が火のように燃えあがった。美しい肉体に愛着を感ずれば感ずるほど、美しいものを虐《いじ》め苛《さいな》む慾望が盛んになってくるのを、どうすることも出来なかった。

仮想の敵を三百メートルの彼方において、雪中行軍をした時の恐怖に似た実感に比べて、この変に力の入らない劇的な行軍を、矢崎もぼんやりではあるが感じていた。

33

矢崎はまるで泥棒にでも忍びこむような心持を経験しながら、自分の家へ入っていった。そして妻を探した。雪野は化粧室にいた。いま湯から上ったばかりという様子で、双肌《もろはだ》をぬいで鏡台の前にべったり坐って、ぼんやり自分の顔を眺めている所だった。

そこへいきなりのっそり矢崎が現れた。鏡の中の、雪野の顔の上へ、思いもかけず男の顔がぬっと現れたので、雪野はびっくりした。しかしそれが矢崎だとわかると、湯上りの快《こころ》よさと自分の美しさに満足している時ではあり、鏡の中でにっと甘えるように微笑んで見せた。ところが矢崎は今まで見たこともないような怖ろしい顔をして雪野を瞰みつけているのである。

「どうなすったの」雪野がそう言って振向くと、矢崎は化粧室の入口に突っ立って、憤怒に形を代えた嫉妬の情が心臓の中で煮えくり返って出口を求めている所で、蹴るか、擲《なぐ》るか、怒鳴りつけるか、どうしてやろうか、と握りしめた掌《てのひら》をぶるぶると顫わしていた。雪野は、またいつもの酔興のうえの嫉妬がはじまったくらいに思って、いたわるようにやさしく「またお酒に酔っていらしたのね」

「お前は、俺を欺したんだ！」矢崎はやっとこれだけ言った。

「まあ、何を言ってらっしゃるの」

「もう欺さりゃしないぞ！」

「あたしには、さっぱり分らないわ」

「お前は今日どこへいった？」

「あなたが宴会へいらしてから、町のお湯へいって、いま帰ったばかりですわ」

「誰に逢った？」

「誰にって？　知った人は、山田さんの奥様にお湯の中で逢ったきりですわ」

「そんな事訊いてやしない、誰か男に逢ったろう」

「…………」

「誰に逢ったんだ！」立花に逢ったかとは、さすがに心苦しくて訊けなかった。

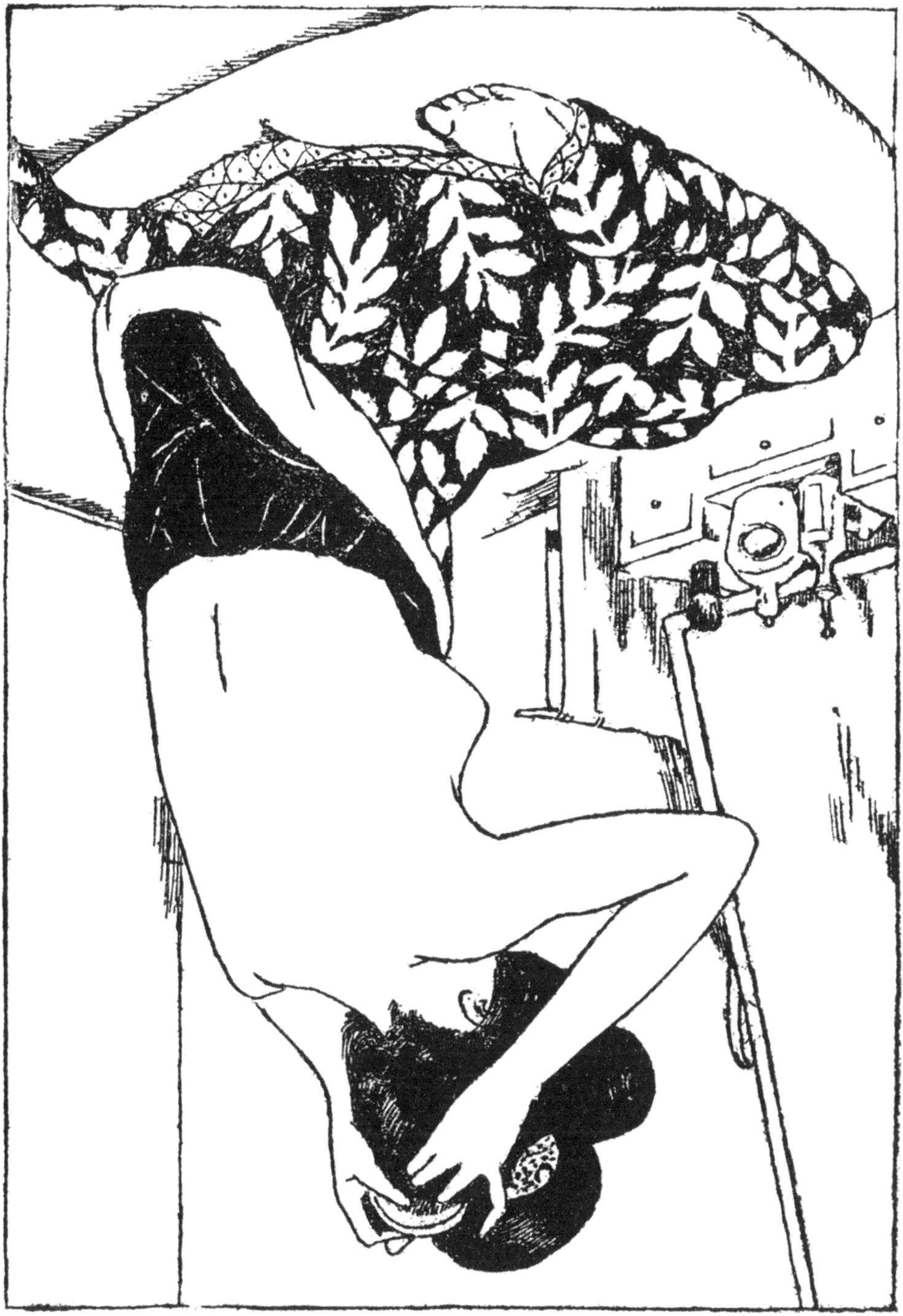

34

「そうそう、立花さんに会いましたわ」

「立花に逢った！　それは本当か！」

「ええ、お湯から帰る路でお会いしたら、道草をくっていて宴会の時間を遅らしたって急いでいらしったわ」

「お前と二人で道草をくったんだろう」その言葉をきいて、雪野はあきれた。

「まあ、あなたは……」つくづくと良人の顔を見あげて「今夜はまあ、どうしてそんないやなことを仰言るの」と長襦袢の肩を入れて片膝を立てながら「あんまり馬鹿馬鹿しくて返事のしようもありませんわ。さ、もう早くおやすみしましょうね。あんまりお酒をあがりすぎたのよ」

長襦袢の褄《つま》をかきあわせながら、雪野が立ちかけたとたん
「馬鹿！」と言ったかと思うと、矢崎の拳固は飛んで、雪野の鬢《びん》を横に張倒した。柳にかけた小袖が風にくずおれた風情は、満州の荒野に六尺の大男を銃身で擲り殺した勇士にとってはあまりに手応えがなさすぎた。矢崎は再び、足をあげて力任せに蹴飛ばした。雪野にとっては、理由《いわれ》のないこの折檻と、いつもの酔興にしては念の入りすぎた狂気じみた蛮勇に、あきれながらも涙をのんだ。

「男らしくはっきり言って下さい。あなたはあたしの良人です、筋があるならどんなにでもなります。弱い女を手籠にするのは卑怯です」雪野は、はじめてきっとなって矢崎を見あげて言った。

「ちゃんと証拠があるんだ」

「え？　証拠ですって、それはどういうことです」

「それでは言ってやる、お前は指環をどうした？」

雪野は自分の指を見た。

「誰に与《や》った？」

雪野は、はっとした。彼女の指には、指環がなかった。

35

先刻《さっき》お湯へゆくときぬいたまでは覚えているが、さてどこへおき忘れたか、湯籠の中や鏡台の引出しを、探して見たが見当らない。自分は、指環など欲しい気持など少しもなかったが、年の暮に街へ一所に出た折、良人が喜ばせに買ってくれたので、それが今指にないからの不機嫌であろう。

「御免なさいね、あたし……」

「え！　それじゃ本当か！」矢崎はもう、後へは引けない断崖《きりぎし》の淵へ片足踏みだした心持で「お前は本当にあれを立花にやったのか」よもやと思って空だのめにしていたが、それは本当であったのか、矢崎はもう怒る元気もないほど絶望の色を顔に見せた。雪野ははじめてすべてを了解した。

「いいえ、いいえ。あたしはその事を言っているんじゃありません。指環をあたしの不注意からなくしたことを言っているんです」

「お前の指環は立花が持っているよ」

「え!?　そんな筈はありません！」

「俺もそう思いたいが、この眼でちゃんと見てしまったんだ」

「本当ですか、あなた！」

「立花がちゃんと小指にはめているよ」

雪野は、つと立って、飛ぶように玄関から外へ駈出《かけだ》した。

「おいどこへゆく！」矢崎は後から帯へ手をかけ引止めると、また新しい怒りが全身にみなぎってきた。「立花のとこへゆくんだろう！」憎々しげに矢崎は言放った。

その言葉をきいて、雪野は振り返って、矢崎の顔をつくづくと見つめた。そして何か言おうとしたが言葉が出なかった。言葉のかわりに、熱い涙がはらはらと、見開いた眼からこぼれて、降りつもった雪のうえに落ちた。

36

「あなたは、とうとう取返しのつかないことを言ってお終《しま》いになりました。あなたのためにあたしのためにあたしはそれを今日までどんなに恐れていたでしょう。それをあなたに言われたくないためにあたしがどんなに苦しんできたか、すこしでもあなたが知って下すったら。立花さんとは子供の時から兄妹のようにして育って来た仲ですが、それを変な風にあなたから疑われるのが辛さに、どのくらいあたしが忍んできたかあなたは御存じの筈です。それを『立花の許《とこ》へはやらないぞ』と言われたので、もう意地も張りもなくなってしまいました。あたしは失《な》くした指環を探しについ湯屋の門までゆくつもりだったのです。今の今まであなたを信じて辛棒《しんぼう》したんです。立花さんにもその足で逢《あい》にいったかも知れません。ですがそれは指環の証をたててあなたに信じて貰いたかったからです。あなたの仰言ることだけを理由に、あなたの打擲《ちょうちゃく》をおとなしく受けていたあたしは何という馬鹿だったでしょう。

立花さんに逢いさえすれば何もかも解るでしょう。あなたから片手落のお所罰《しおき》をうける理由《いわれ》はありませんけれど、二人の仲を疑っていらっしゃるあなたは、迚《とて》も立花さんに逢わしては下さらないでしょう。ええ、よござんす、あたし立花さんには、もう逢いますまい。あの方がすこしでも悪く思われるのはあたしが嫌です。それにあの方をこんな渦の中に引き入れては、あたしの心が済みません。指環のことは、まあどうにでもあなたのお好きなように考えて下さいまし。あたしはどう思われても好ござんす。結婚の話があった日から、あたしは、身体を捨てたんです。その捨てた身体を拾ったのがあなたです。そしてあなたがあたしの良人です。こう言ったからってあなたはお怒りになるには及びませんよ。あなたはきっと自分の短慮を後悔なさるんです。あたしはちゃんと覚悟をしています。どうにでも気の済むようになさいまし」

37

「はじめからお前は俺を欺す気で結婚したんだな」

「いいえ、あたしはあなたなんぞ欺す気はなかったわ。ただあたしは、あたしを自分で欺していたんです、自分を欺して結婚したんです。こうなればみんな言ってあげますわ。あの時あたしは、自分を欺して結婚するか、自殺するか、どっちかの道しかなかったんです。自殺する決心がつかないうちに、あなたの話が出たんです。あたしがどんなに苦しんだかあなたにはお分りにならないわ。だって、死ぬ代りに生きたんですもの。お兄様のために生きたんです。あなたは立花さんに感謝なすって好いわけだわ、だってあの方のためにあなたは、あたしと結婚出来たんです」

「ほんとうにお前は立花を愛しているのか」

「ええ、あの方のために一度は死ぬ決心もしましたし、あの方のために生きる気にもなったんですもの。だけど男と女とが愛し合ったと言えば、すぐに肌を許し合うのだと、あなたのようにお決めになってはいけません。もっと静かな愛し方だって世間にはあるものです。縁があったらこそ、あなたにそれを見せてあげるのよ」

矢崎は皆まで訊いてはいなかった。いきなり肩を摑んで、ぶっつけるか、つぶすかなにしろもう雪野の言うことを聞くことが、何がなし苦《くるし》かった。雪野は、観念して矢崎の顔を無表情な眼でじっと見ていた。その眼が口よりも一層憎らしかった。

肩を摑んだ手がすべって、柔かい首へ触れた瞬間に、矢崎は、身体を溶かすような性的の衝動と、燃えあがるようなえたいの知れない怒りとも妬みともわからない激情を感じた。その誘惑は何であったろう。理性を失った矢崎は首を絞《しめ》つけた両方の指に、ぐいぐいと力を入れた。ズブリッと指が柔かい肉の中へ入ったかと思われると、両腕に重味がかかってきた。

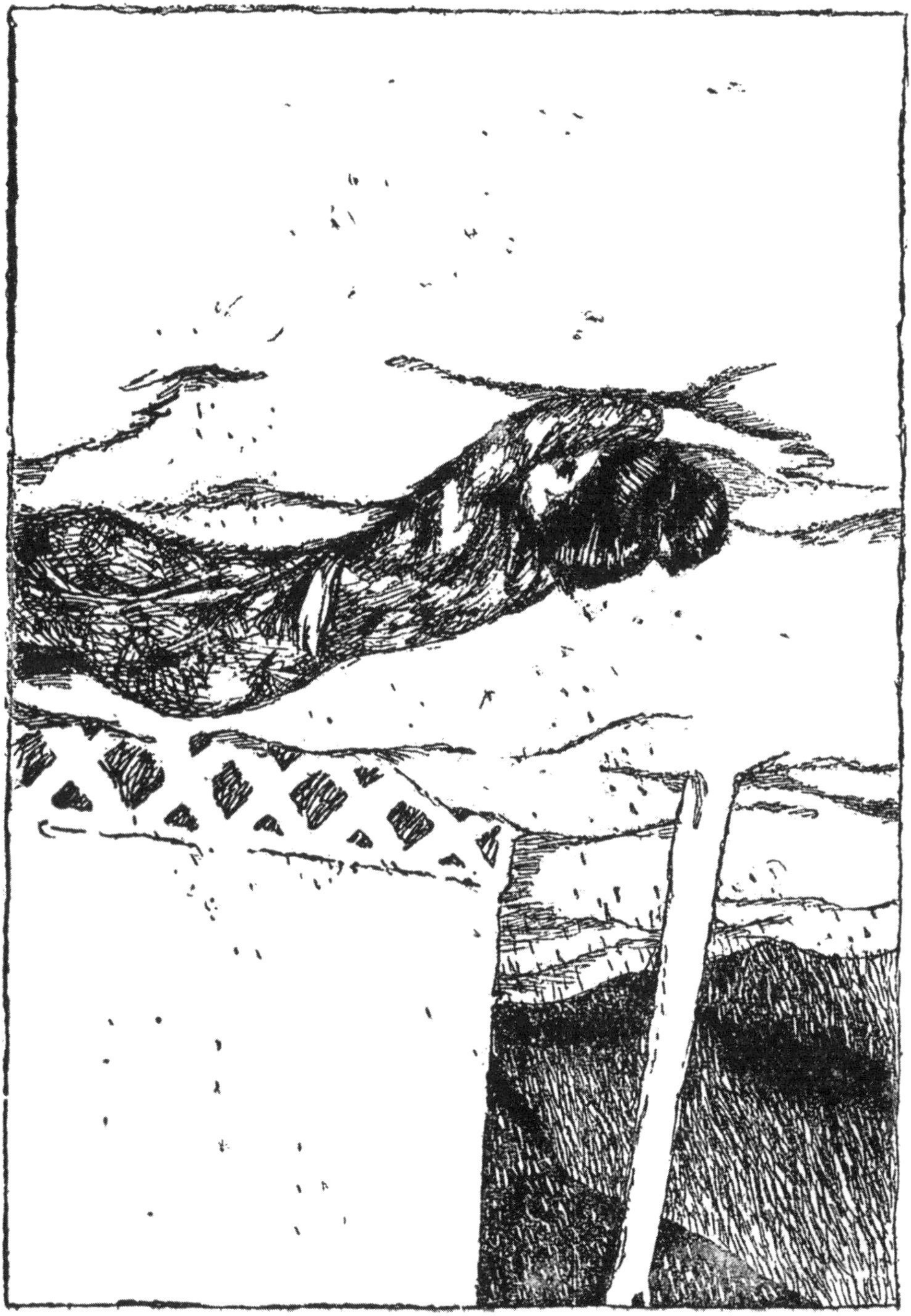

38

異様な感覚に気がついて矢崎が手をゆるめると、雪野は、まるで人形でもあるように、くたくたとくずおれて、雪の上へ倒れてしまった。

「とうとうやっつけた」

矢崎はただそう感じながら、雪あかりのなかに、紅い着物のまま胸をはだけて倒れている女を見た。夜の色のおりた北国の紫色の雪の中に、女の肌はまたなく美しいものであった。まだ暖か味の失せきらない素肌のうえに、雪は降っては消えていった。

「畜生、やつも片づけてやる」

矢崎は自分の書斎へ引返していった。そしてトランクの中からピストルを一挺とりだして、その足で外へ出ていった。

矢崎は、立花の家の方へ歩いていたが、何を思ったのか、途中から引返して、こんどは浅野川の方向へ駈だした。人通りは一人もない。雪の降る気配だけが音のない音をして矢崎の周囲を襲ってくる。矢崎はどんどん駈だした。

X橋までやってくると、対岸の曙楼はまだちらちらと灯がついていた。あれからどの位時間がたったのか、まるで見当がつかなかった。

矢崎は、橋の中ほどの欄干に凭《よ》って、さっき宴会のあった曙楼の二階の広間のあたりを見上げた。人影がちらりちらりと障子に映って動いている。

「きっとまだやつは居るぞ」

矢崎は、ピストルをポケットから出して、手に持った。

恰度《ちょうど》、その時橋の袂へ、三つの影が現れた。

それは女とも男ともわからないが、声高に笑い興じて歩いてくる。

それはまぎれもない、矢崎が待っている立花の声であった。

39

「もう沢山、ここで好いよ」そう言っているのは正に立花である。

「雪に降られて帰るのが身分にあってるよ」

「まあ、たんと薄情なことお言いやすこと、相合傘がお気にさわったら、つい橋向うまで送らせて貰いまっさ」連れの女がそう言って立花と並んで歩いてくる。

「ほんとうにもう好いんだよ」

「さては、指環のお方が待っておいやすか」

「お邪魔やし、小染はん」

「誰談《じょうだん》だよ」立花が話しながら橋の中《なか》ばまで歩いてくると、そこには、橋の欄干に背をもたせてじっとこちらを伺《うかが》っている異様の人影があった。立花はすぐそれと見てとった。

「おい矢崎じゃないか！」

「…………」

返事がないので立花は、ずかずかと近よって行くと、矢崎は身構えをして、きらりとピストルをとりあげた。

「何をする！」立花がそう言うのと、ばらばらと、ピストルの引金が引かれたのは同時で、そして、立花が仰向けに倒れたのも、殆ど同時であった。連れの女たちは、気を失ったのと、雪の道ではあり、逃げ出そうとして、これも横倒しに雪の中へ坐ってしまった。

「矢崎！　何をするんだ」右の肩先を左の手で押えて立花は叫んだ。

「その指環の一件だ！」

「何？　この指環？」立花は、傷口を押えて立上ろうとしたがまたばったり倒れた。

「この指環が誰のだというのだ。おい矢崎、そんなら……」

「雪野が貴様にやったのだ」

「え!?」

40

「そうか、そいつはしまった！」

　立花は、例の指環の持主が雪野であろうとは、今まで知らなかった。

「実は、先刻《さつき》宴会へ来る道で拾ったんだ。宴会の時間は切迫していたし、夜のことだし、明日の朝届《とどけ》るつもりで、私《わたくし》する意志はないから、それにまた失くしては悪いとおもって仕舞《しま》っておくのも気がとがめるから、わざと小指へはめておいたんだ」

「それは実際か？　それじゃ、先刻、宴会へ来る道で妻に逢わなかったか」

「逢ったよ、雪野さんはお湯から帰る所らしかったが、それじゃその時取落したのを、俺が拾ったわけだ」

「立花、済まなかった！」矢崎は、ピストルを投捨て、膝をついて、立花を抱起こそうとした。肩から血がだらだらと、鮮《あざや》かに雪の上へ落ちて散った。

「おい、車だ、車を呼べ！」矢崎にそう怒鳴られて、やっと女たちは起き上って、車を呼びに走った。

　矢崎に介抱せられながらやっと車へ乗せられるまで気を失っていた立花は、傷口の苦痛のために気がついて、矢崎の顔を見ると訊いた。

「雪野さんはどうしている」矢崎が返事に窮している様子を、立花はすぐに感じた。

「無暗《むやみ》なことをしたんじゃあるまいね。俺は好い、病院までは誰かついていってくれるだろう。雪野さんをいって見てやってくれ。要らない心配をして、君を待ってるよ」

「うん」

「好いよ、いってくれ、俺は、命に別条はあるまいから」

「立花！　済まなかったなあ」矢崎は、立花の手を握って男泣きに泣いた。その心持のうちには雪野へ対する悔悟も感激もふくめて言ったのだが、立花は、雪野が死んでいようとは思いもかけないことだった。矢崎はそれ以上何《いず》れも言う元気はなかった。「許してくれ立花！」

「仕方がない、運が悪かったのだ」

41

雪野は死んだ。

矢崎は、哀傷の心をこめて、いま新しく雪野の死を見た。母親もさすがに、雪野の死を哀れに悼んだ。

夜が明けて警察などに手を入れられて、世間に騒がれるのもと、ひそかに母親に送られて、矢崎は夜の引き明けに師団長の私宅へ、自首して出た。その日から、矢崎は軍隊の訊問所に拘留された。

そのあくる日、雪野の淋しい葬式の列が、浅野川の堤を川上の方へ歩いていったが、気にとめて眺める人もなかった。雪野は野田山の雪の中へ埋められてしまった。

「あの奥さんは、なんでも、昔の男とやらに指環をやったのやそうな」

「殺されるのも定《じょう》かいな」

「そやそや、見せしめや」

世間というものは、わけて知らぬ他国の空だから、雪野はそんな風に噂された。雪野の身近く朝夕住んでいた矢崎にしろ、矢崎の母親にしろやはり雪野の心持は、底の底まではわからずに葬られてしまった。

山の県立病院へ運ばれた立花は、肩先に一発弾丸を受けたきりで別条はなかった。それも二週間もたてば全治するほどの傷でしかなかった。それよりも立花は、雪野の身の上が心掛りでならなかった。矢崎のことだから、どんな手荒な折檻をしたかも知れない。雪野の勝気は、矢崎の疑いを解くかわりにますます矢崎を怒らせる結果になりはしなかったであろうか。それが心配であった。

医員も看護婦も、一切口をつぐんで、こんどの事件については、何も言わない。人を立ててわざわざ雪野の様子を訊きにやる筋もなかった。

立花は、その日一日自分の傷の経過よりも雪野の身の上を案じ暮した。

42

病院の白い室《うち》の中で、立花はまんじりともしないで、一夜を明かした。矢崎のために傷つけられた自分の災難は忘れたように考えなかったが、ひたすら雪野の身の上が案じられるのであった。

何という名なのか、蝦夷菊《えぞぎく》に似た花を、朝早く看護婦が枕もとに挿《さし》てくれた。淡桃色のその花を見ているうちに、うとうとと何処《どこ》か地の中へでもエレベータアで落されるように感じながら眠った。

白い着物をきた天使のような女が、高いところからふわふわと降りてくる。それが雪野だ。笑っている、何も言わずに笑っている。手を取ろうとすると、ふっと姿が消えて、蝦夷菊の花の中に眼だけが残った。どの花にもどの花にも眼がある。どの眼も、どの眼も涙ぐんでいる。はらはらと涙をこぼす。それは雪野の眼だ。

看護婦に起されて、立花は眼をさました。立花は不思議そうに枕頭《まくらもと》の蝦夷菊を見た。

「夢を御覧になったのでしょう。なんですかたいへんうなされてお居《い》ででした」

立花はそれには答えないで、黙ってまた眼を閉じた。

その日の午後、隊の同僚の吉川が見舞にきてくれた。吉川もその事は言ったものかどうか躊躇していたらしかったが、病人の元気が案外好いのを見て、雪野の死んだことも言ってしまった。

「無論、誰も矢崎の細君の貞操を疑うものはないが、矢崎だって細君の貞操を疑ったためにあんなことをしたのではなくて、ただ漠然とした狂暴な嫉妬に駆られて逆上したとしか思えないね。なんにしても細君は一番気の毒だ」

吉川は彼一流の哲学で事件を話し出したが、立花は雪野の死を訊いて、じっとして寝ていられない、焦慮と絶望のために、吉川の話には、ただ合槌をうっているだけで何も聞いてはいなかった。

43

「君、そんなにして起きていても大丈夫か」

「好いんだよ、もう患部の痛みもとれたし、熱も大したことはないんだ、もっと話していてくれたまえ」立花はしかし、雪野が殺されたことを事実としてどうしても考えることが出来ないのであった。それにしてもピストルでか、短刀でか、どんな風に殺されたのであろう。

吉川は新しい煙草に火をつけて話出《はなしだ》した。

「矢崎の奴はまた何だって宴会の席で君に指環の経緯《いきさつ》をよく訊かなかったんだろう」

「うん、それがね。矢崎は結婚のはじめから雪野と俺の間を疑っていたんだからね。しかしその当時、俺達が何でもなかったことはよく諒解《りょうかい》したはずなんだが、一度疑いをもつと何か事あるたびにまた新しく疑い出すものと見えるね。つまり嫉妬のためにその疑いを信じてしまったんだね。俺のちょっとした譫談《じょうだん》を真実《ほんとう》にとってしまったから、率直に訊く気になれないでいきなり細君をとっちめたんだ。しかしどんな風にして殺したんだ、君、知っていたら話してくれないか」

「直接聞いた訳じゃないが、矢崎の告白によると、まるで夢中で絞殺したんだそうだ」

「ふん、じゃピストルじゃないんだね」

「だから、予《あらかじ》め計って殺したんじゃないのさ。ああいう色慾の強い男だから、指環の一件で細君と何か言い合っているうちに、野蛮な征服慾と狂暴な嫉妬に駆られて発作の慾望に溺れてしまったんだね。俺の知った男にもああいうのがあるよ。夜のものは赤いものずくめで、細君を打ったり泣かしたりしないと性慾を感じないのだね。細君が便所へ入っている所だの、お産をしている場面なんかは殊《こと》にその男の性慾を刺戟《しげき》するそうだよ。ある時には自分の女の子が病気している所さえ享楽するような、まあ一種の変態性慾だね。矢崎にもどうも、そう言った所があるよ。軍隊生活で身体は好いし、性慾の余剰があんな悲劇を起したんだと、俺は思うよ。だから、矢崎の裁判には、医者の立合が必要だともうね」

立花はそんな事よりも、雪野がどんな風に所置《しょち》されたかを早く聞きたかった。

44

吉川は雪野の死の前後については何も知らなかった。ただ今日野田山の墓地へ葬られるということだけ、立花に話した。

吉川が帰っていって、立花は日の暮れるのを千秋の思いで待った。日が暮れると、こんどは夜の更《ふ》けるのを待ちに待った。立花は熟睡を装って枕の蔭からそっと看護婦の眠るのを伺っていたが、意地悪く彼女は雑誌など読んでいて、なかなか眠らなかった。十二時が過ぎてやがて一時に十五分前というところで、看護婦が小用に立って、室を出ていった。

いきなり立花は寝台を飛び下りた。そして手早く入口の扉に内から鍵をかけた。

「用を済ませて室の入口まで帰ってきて、閉された扉を発見して、医局の当直を起して、引返してくるまでには、まだ五分の余裕がある」立花は、葡萄酒《ぶどうしゅ》の壜とピストルと母の形見の小函とを懐に入れると、病院の白いガウンで窓から庭へ飛びおりた。雪が膝までも足を埋めたが、こういう冒険のためには、却《かえっ》て都合がよかった。

五分間で犀川の堤まで突破する予定の行動はとにかく成功した。橋を渡って木立野の高台へ出ると、ほっとした。そこには立花の従卒の家があるはずであった。連隊の建物の裏の林檎《りんご》畠《ばたけ》の下に従卒の家はやっと見つかった。そっと立花は、寝入りばなの従卒を起して意をふくめた。

「はい、大尉殿。ではシャベル一挺と……」「おいおい、声をたててはいかん！」

「はい、大尉殿」

上官の命令は絶対の権威であった。事の善悪邪正については、兵卒は自分で考える必要もないし、また考えてはならぬ事でもあった。立花の命ずるままに、従卒は用意の道具を担いで、立花の後に従った。

「お前は、今日矢崎の細君の埋葬された所を知っているだろうな？」

「はい、知って居ります。大尉殿」

「そこへ案内せい」

「はい、大尉殿」

45

空は澄んでいた。折からの星月夜で、青い雪に掩《おお》われた野田山の小高い丘が、くっきりと地平を限って立っている。二つの黒い人影は、不思議な速力で丘を上っていった。丘の頂上に雪野の卒塔婆《そとば》はしょんぼりと立っていた。立花は、手を合せて新しい名を持った雪野をはじめて実感した。

しかし仕事はすぐ始められた。立花は、自分でシャベルを持って注意深く掘《ほり》はじめた。新しい柩《ひつぎ》はすぐに土から現れた。二人はなお注意して柩を穴の中から引きあげて、雪の上においた。立花は死人の肉体に触るるような心遣いをしながら、柩の蓋をこじあけた。

雪野はそこにいた。死んだ人とも思われぬような美しさで、雪野はそこにいた。

立花は、額にかかった茶殻をはらいのけて、雪野の顔をじっと見た。今眼をつむったばかりか、それとも、今にも眼をぱっちりと開けるかと思われるような雪野の、軽く閉じた唇は、青く光っている。それは星の光がさしたので、光っているのは、まだ濡ている証拠である。立花は、すぐ鞏膜《きょうまく》を触って見た。膜はまだ強直《きょうちょく》を起していない。眼球はいくらか弛緩してはいるが、瞳孔はまだ拡がりきらないで、結膜はなお平常の色を保っていた。

立花は、いつか読んだことのある、キアリント博士の著書『死』の中に「死の誤謬」と「生ける埋葬」の頁《ページ》を思い出して、彼の雪野に対する信念を実際に見ようとしたのであった。

下顎に強直のないことも、まだ、生の余命のある充分な証拠であった。立花は自分の伝奇的《ロマンチツク》な信念と奇蹟的なこの徴候の偶然の一致を驚きながら喜んだ。

「俺の心が届いたのだ。きっと生かして見せる！」この科学を越えた信念は、恐ろしい熱と力とで立花を促した。

雪野は柩の中から引出された。経帷子《きょうかたびら》を着た雪野は、なよなよと雪の上に横たわった。

立花は、雪野の耳に近く、空へ向けてピストルを一発放った。

46

ピストルの音を聞くと、雪野は今までしっかり手に握っていたと見える例の小函をほろりと手から放した。小函はひとりでに開いて、中から秘薬紫雪がまろび出た。

立花は脈を見た。微《かすか》ではあるが心臓の鼓動が指先に感じられた。「しめた！」立花は思わず声を揚げた。「おい、その葡萄酒の壜をよこせ」立花は従卒の手から、壜をとって、紫雪を溶いた葡萄酒を口移しに、雪野の口へ流し入れた。

その唇は、雪野にとって忘れがたい唇であったもの。その感覚は、遠く十万億土の彼方へ去ろうとした雪野の霊《たましい》を呼びかえす力があった。雪野は眼をぱっちりと開けた。夢からさめた子供のような、しずかなあどけない微笑で、立花の顔をじっと見た。

「お兄様」「おお気がついたか」

「あたし何処《どこ》にいるの？」「お前は墓場にいるんだ」

「やっぱりあたしは死んだのね」雪野は四辺《あたり》を見廻した。そこには自分の戒名を記した卒塔婆や、壊された柩があった。そして彼女自身は、経帷子を身に纏《まと》うているのであった。立花を見ると、これは白いガウンを着ているのだ。「お兄様は？」

「これか、これは病院の着物だよ。だがまあ委《くわ》しいことは後で話すが、お前が今日葬られたと聞いて、せめて死顔《しにがお》でも見たいと思って墓をあばいたのだ。いや実はお前が死んだとは、どうしても思われなかった。死んでも生きていると思ったんだ。そしてその心が通じたというものか、お前は墓穴から蘇《いき》生《かえ》ったのだ」

「お兄様」「何だ」

「雪野は生れ変ってお兄様のとこへ帰ってきたのね。今日から可愛がって下すって？」

立花はそれに答える代りに、雪野を抱《だき》あげて血の気をとりかえしたその唇を、憐愛《れんあい》と熱情をこめて強くつよく接吻した。

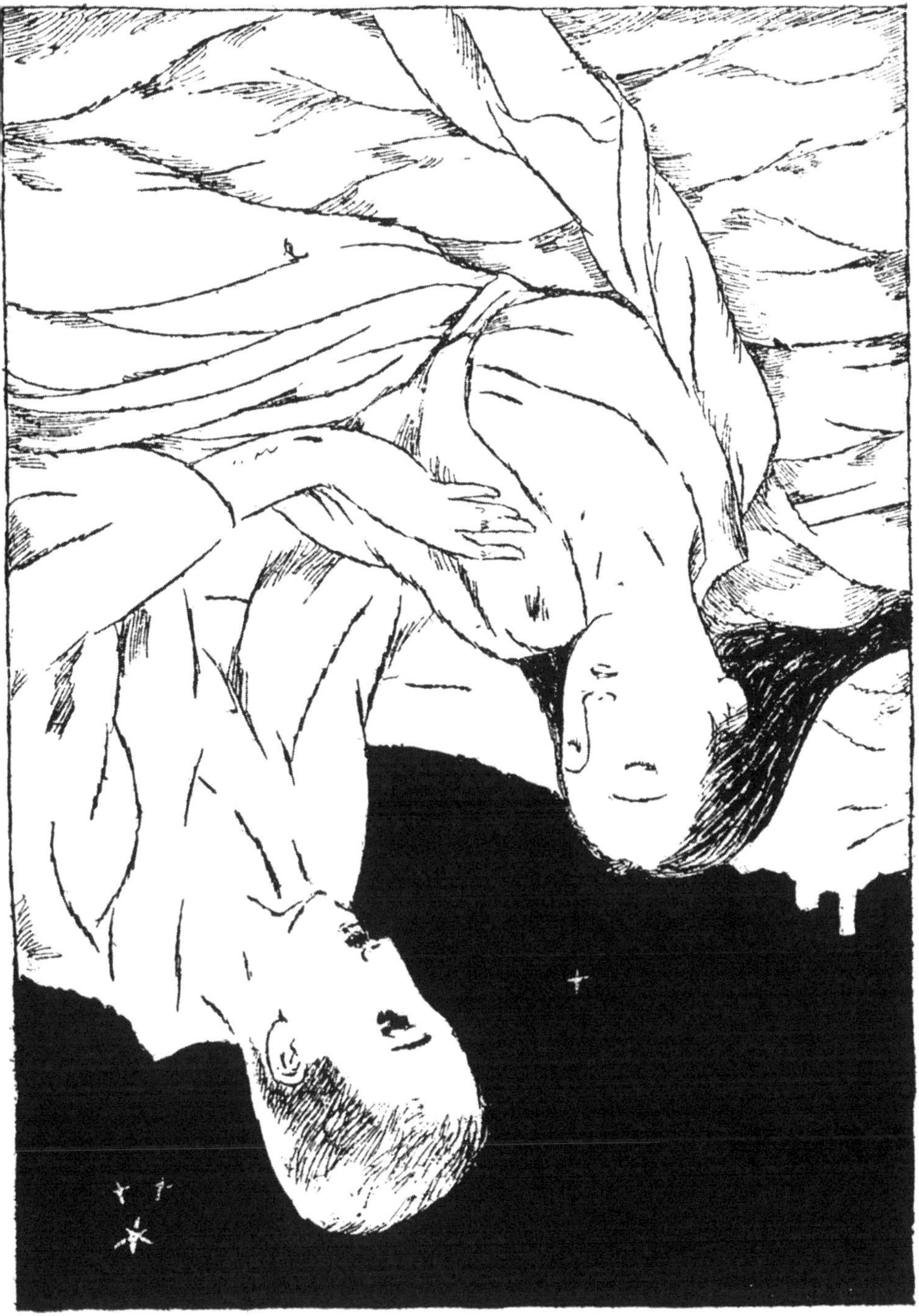

47

「おい」立花は従卒に命令した。「お前はすぐに家へ帰ってお前の妹の着物を一揃え持ってくるんだ。誰にも気づかれてはいけないぞ、好いか。木立野のはずれで待っている」

「はい、大尉殿」従卒は山を下りて行った。

立花は、墓穴から蘇生した雪野を擁して、はじめて雪野を真実《ほんとう》に愛していることを知ったのであった。

「許しておくれ。僕は今までお前を愛する自信が本当になかったのだ。お前が僕を愛していることを知れば知るほど、恋愛の自覚がなくて結婚するのは罪悪だと思いこんでいた。考えて見りゃ、そんな六《むつ》かしい倫理観念できめたのではなくて、僕の小心とつまらない感傷癖《センチメンタル》から来ていたんだ。そのためにお前に不幸な結婚をさせたあげくに、こんな辛い目にあわせた。考えるとお前にすまない」

「いいえ、あたしこそ許して戴かねばなりませんわ。あの時、東山の彼岸花の咲いた丘で思いきって素直にお兄様におすがりすれば好いものを、それを娘の時代の、つまらない意地と内気な羞恥《はにかみ》から、それが言えなかったのですわ。今考えると馬鹿らしいようですが、結婚して女になってから、やっとそれが分りましたわ。そして自分から好んで自分を不幸なものにしたり、そのうえお兄様も不幸にしたのです。でも、これからはお兄様のお傍でいつまでもいつまでも暮せますのね」

「それにしても墓から出たものが、すぐに世間へは帰れまい。夜の明けぬうちにこの街をひとまず立とう。その先《さ》きどうなろうと明日は明日のことだ。どうだ歩けるか」

「お兄様となら。あら。手を引いて頂戴」

「とんだ道行だねえ。昔からあの世へ急ぐ道行はあったが、あの世からこの世へ花道を逆に歩く道行は、まあ僕達ぐらいなものだろう」

あの世から帰ってきた白衣の男女は、夢遊病者のような足どりで、ようよう木立野のはずれまで辿りついた。

48

忠実な従卒は、すでに約束の場所へきて待っていた。雪野のためには、黒襟のかかった米沢の糸織に黄八丈の下着をかさね、長襦袢は時代雪笹の加賀友禅で、帯は祖母《おばあ》さんのでもあったらしい紫呉絽。立花にも手織の綿入れが添えてあった。

「済まなかったなあ。お前は係合《かかりあい》になると悪いから、ここから帰ってくれ、さあお別れだ」立花は従卒に心づけをして、立上った。

「大尉殿はどこへゆかるるのでありますか」

「さあ、行く先きは分らないが、どうせ暫《しばら》くは世を忍ぶ身だ。白山の山奥へでも入ろうか」

「白山の麓に湯湧《ゆわく》という霊泉があります、そこには知った者も居りますが」従卒は言うのであった。

そこはここから北へ五里、人里も遠いし、身体のためにも好いし、私も是非そこまで送りますという。立花も従卒の好意をうけて、一行は木立野を出発した。

雪野は従卒の肩に担がれて、立花は寒さに凍《いた》む手足を悩みながら、それでも夜明けがたには、五里の山道を越えて湯村へ下る峠まで、恋なればこそ、難儀しながら逃れてきた。

仰げば白山の峰は空に懸《かか》り、俯して望めば浅野川の流れの果《はて》に金沢の城下も見えたであろうが、北国の雪空は、ただ漠々とした淡墨色《うすずみいろ》の、空も、峠も、野の路も、雪野も、立花の運命も、晴れて添われるとも思われぬもの哀れな景色ではあった。

ともあれ従卒の案内で、松前屋万右衛門と染《そめ》ぬいた紺布簾《こんのれん》をくぐった。古風な朱塗《しゅぬり》の手洗で足をすすいで、立花は、松前屋の客となった。

若年の頃、銭屋五兵衛に松前で見出《みいだ》され、五兵衛の死後この山中へ立退いて宿屋を創めた、昔北松前船の艫《へさき》に立って荒海の汐風に吹かれて男になった松前屋万右衛門、買われたからには、一番男を売ろう。

「よござんす、わっしが引受けたからにゃ、大船へ乗った気で居さっせい」と立花の身体を引受けてくれた。

49

松前屋の心遣いで、夕餉《ゆうげ》の膳には頭附が添えてあった。世を忍ぶ身に、それが心ばかりの三三九度であった。結婚の晩には開けて見よと、立花の母親がふたりに遺した小函は、その夜開かれた。一つは例の秘薬紫雪、一つは……これはここに書くことを許されないのを、作者は実に遺憾に思う。二日二晩ぶっ通しに眠りつづけた立花と雪野は、松前屋に気をもませながら、三日目の昼頃に、奥の離室《はなれ》で眼をさました。

中二階の窓の障子を開けると、流れを隔てた山裾に、紅白の蝦夷菊が咲いていた。

「あの花の中にお前の眼がいくつもいくつもあるのだ。そしてどの眼もどの眼も涙をながしている夢さ。恰度、七日の晩だった」

「まあ。あたしが覚えて、涙をこぼしたのは、いつも死ぬ決心をした時でしたわ。七日の晩にもそうでした。けれどもう過ぎ去った事は言うのをよしましょうねえ。あたし達はこれからほんとうの生活をはじめるのですわ」

「そうだ、ほんとうの生活をはじめるのだ」立花は鸚鵡返《おうむがえ》しにそう言ったが、人生の幸福とか不幸とかいうものの実体が、何であるか、よく女が口癖にする「いつまでも変らぬ愛」というものが、ただ生き永らえてゆけば充《み》たされるものか、どうか。立花は思い悩んでいた。

立花と雪野は、一週間ばかり過ぎたある朝、厚い礼を述べて松前屋を出立した。

紫の雪を頂いた白山の峰をわけて、飛驒の高山へ落ちていったとも、立山の麓で、抱き合ったまま凍死していたとも、まちまちに伝えられたがたしかな事を知っている者はなかった。数年の後、カリフォルニヤの果樹園で立花に逢ったと、ある男が話すと、私は二三日前に三越の食堂でたしかに立花さんを見ました、と、カフェ・リラのマダムが言うのであったが、いずれも確《たしか》ではない。

ふたりのその後の生活には、作者も、なみなみならぬ興味をよせているのだが、いまだに詳《つまびら》かでない。白山の雪は今も紫であるという。

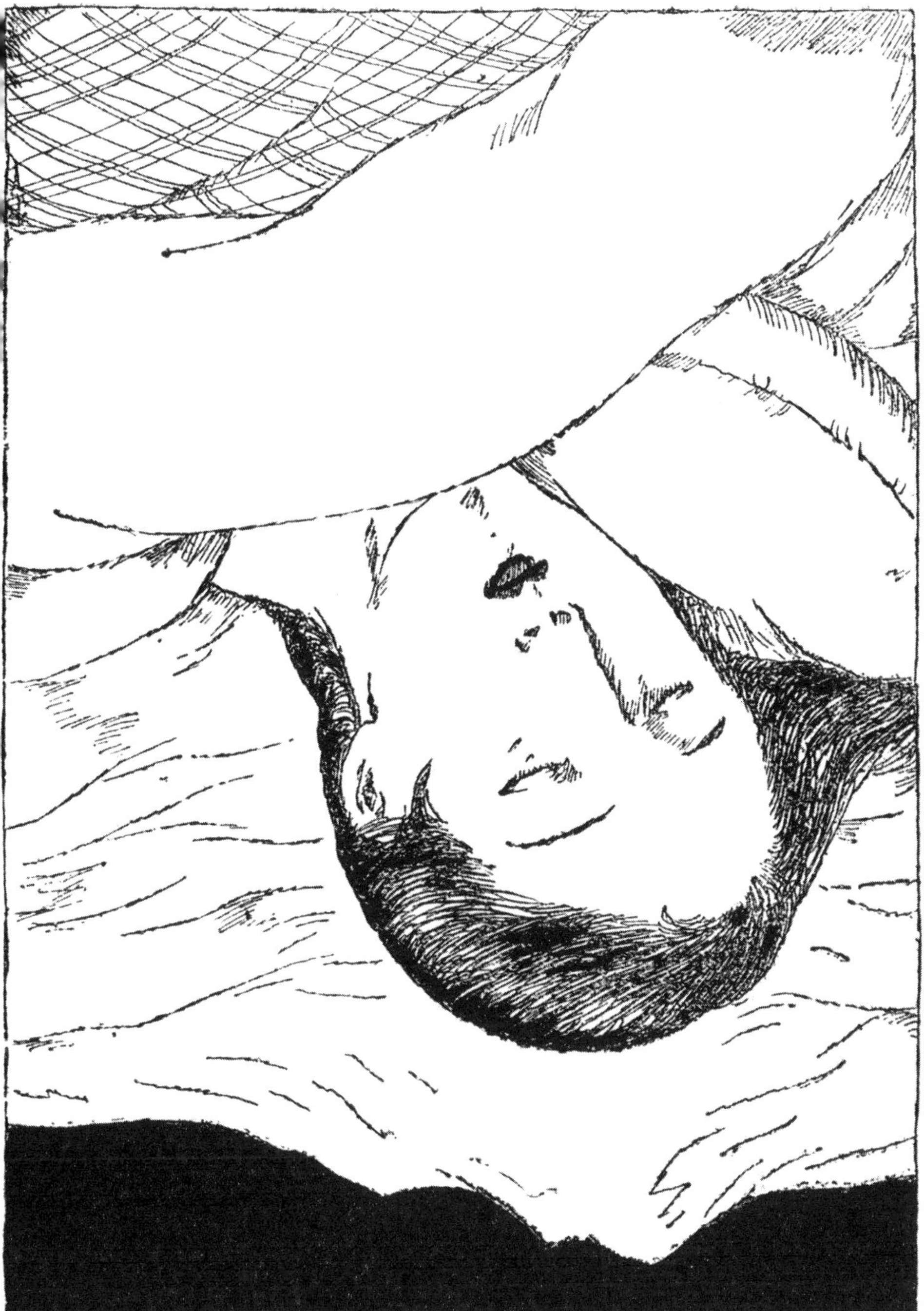

風のように

1

流るるかたは木津川へ。
風はどこからどこへふく
風は山から街へふく。
（ひなぶり）

私は一人の不思議な、風のような女の知り合いになった。

その年、私は妻に死なれ、京都の侘住居《わびずまい》を引払《ひきはら》って、三年振りに東京へ舞戻《まいもど》った時のことで、家を持つのも煩《わずら》わしかったし、目的《あて》のない旅にもいささか倦《あ》きていたので、とりあえず、その頃向ヶ岡にあった富士ホテルにトランクを卸《おろし》たのです。ホテルと言ってもまあ気の利いた下宿屋で、隣の部屋に支那の留学生夫婦が住んでいるかと思うと、向う側には露西亜《ロシア》を亡命した喪服の未亡人がいたり、日本語でどんな俗謡でも上手に歌う印度人《いんどじん》だの、ショペンハウエルを五年越し一室で読んでいる哲学者だの、月に一度必ず病気して派出看護婦を呼びよせる法科に六年いるという大学生だの、造花を拵《こしら》えては街の問屋へ卸に自転車で出かける三十女や、家庭が煩《うるさ》いと言って昼間だけきて小説を書いている文士だの、学校へゆくでもなし、勤めをしているでもなし今日は三越明日帝劇と、しゃなりくなりと男の友達と遊び暮している若い女や。

さあ、こんな風に書きだすとこれだけでも一篇の小説になりそうだが、まあそう言った人間が、ごたごたと住んでいる、そのホテルにいた時のことです。

食事の時間になると、そう言った人種が地下室の食堂へ集まって来るのです。私は窓際の郵船会社の額の掛った壁の隅でいつも食事をしていました。其日《そのひ》にも私は例の隅の卓《テーブル》で、食後の煙草《たばこ》をふかしていたのです。一人の見知らぬ女が、恰度《ちょうど》私と反対の隅に坐ってじっとこちらを見ているのです。特に注意を惹《ひ》く女でもなかったのですが、一見非常な苦悩を湛《たた》えて、世にもたよりないと言ったようなその眼が、じっと私を瞶《みつめ》ているのです。

2

私が食堂を出て部屋へ帰ってくると、女中が入ってきました。「この方がぜひお目に掛《かか》りたいと仰言《おつしや》います、先刻《さつき》食堂にいらした方です」そう言って一葉の名刺をおきました。「萱野《かやの》沢子」という名はどこかで知っているような気がしたが、思い出せませんでした。私は無聊《ぶりよう》に苦しんでいる時ではあり、会って見る気になったのです。

女中が部屋を出てゆくと引違いに、萱野沢子がノックして入ってきました。眸毛《まつげ》の長い潤《うる》んだ眼で、私の顔を正面《まとも》に見据えながら初対面の挨拶をする声をきいてやっと思出《おもいだ》しました。それは昨夜《ゆうべ》有楽座で見た「カルメン」に扮した女優だったのです。最近草山旅人の一座が米国へゆくお名残興行で、ホセの役をやっている青木という男が、何でもこの沢子の情人で、ルウカス役の旅人が沢子の愛を盗んだとかいうような噂も、うすうす聞いていた。

沢子は自分からその噂を持出《もちだ》して話した。初対面の私に何故《なぜ》そんな打明話《うちあけばなし》をするのか、こちらもいささか責任を感じたり、すこし浅墓《あさはか》な気もしたが、だんだん話を聞いているうち、沢子の負ってきた運命や性格を憐《あわれ》む気になってきました。ホセの青木の嫉妬は、芝居をそのまま舞台の上でカルメンの沢子を殺しかねないほど事情は切迫しているのでした。

「さあどうしたら好いか、無論あなたが一番好いと思う方法をとる外《ほか》ないが。一体青木君はそんなにあなたを愛していながら、あなたも好んでいないのに、芝居なんかになぜ出すんです」

「それが青木の病的な興味なんです。草山さんとの間も、青木が好んでそう仕掛けて、今では自分にも苦しんでいるんです」

芝居へ出る時間が迫ってきたので、その日はそれきりで沢子は私の部屋を出ていったがその夜また、芝居がはねて私の部屋を訪ねてきて

「御迷惑でなかったら、あたしがどうしてこんな風な境遇になったか聞いて下さいます？」

そう前置して沢子は身の上話をはじめました。

3

さあ、どこからお話したら好いでしょう。先刻《さつき》お話した青木と知り合ったのは、もうずっと後のことですから、いっそはじめから、生立《おいた》ちからお話しましょうね。

私の生れたのは、北の方の酒田という港町なんです。でも私が自分の生れた街を見たのは、よっぽど大きくなってからのことです。というのは、私は生れ落《おち》るとすぐに父の家へ引取られて、そこで育ったのです。父の家というのは御存じないかも知れませんが、酒田の港から東寄りの羽黒山という山の麓《ふもと》の大山という街にあったのです。好い酒の出る所で私の父の家も酒家《さかや》だったのです。

造り酒屋の一人娘として、私が七歳の時まではおんば日傘で育ってきましたが、その年に父が死んだのです。今でもよく記憶《おぼ》えていますわ。四月のことで、私がはじめて学校へ上る年だったのです。紋のついた着物に海老茶の袴《はかま》をはいて、父の枕もとへ坐って「いってまいります」と言うと、父は「どれどれ」と言いながらよほどの重病だったのに、床の上へ起きあがって、私を抱いてくれました。そしてどうしたことか、傍にいた母を顧みて何か言いながら、涙を出していました。世が世なら古着など着せるのではないのだが、この子のことはくれぐれも頼むと、その時父が言ったのだって、ずっと後に人から聞いたのですが、父は一度県会議員になってから政治に凝《こ》りだして、家が傾き出すと、米相場に手を出したのが家運の末で、あせればあせるほどいけなくなって、なんでもその頃はもうすっかり破産していたのだそうです。私はまだ子供だったから何も知らなかったのですが、その頃は、もう雇人《やといにん》の数もだんだん減って、田舎《いなか》の旧家のことですからただささえ薄暗い家の内が、いつも夕方のようでした。私は母のことを言いましたが、私の生みの母は酒田にいたんです。これも後に知ったことなんですが私の母は父のお妾《めかけ》だったのです。本妻に子がなかったものだったから、生れるとすぐ父の家へ引取られて、父が死ぬまで何も知らなかったのです。

4

　その年の七月に父が死にました。それまではどうやら昔の権式を持ちこたえた家も、こうなると一《ひと》たまりもなくがらがらと落てしまいました。掌《て》のひらを返すとよく言いますが、昨日までは遠くから手拭《てぬぐい》をとってお辞儀をした出入の男まで、見て見ない振《ふり》をするようになりました。家も蔵も人手に渡って、家の者は街はずれの屋根にぺんぺん草の生えた破蔵《やれぐら》の中に住むような破目になりました。

「こんなになったのも、あの酒田の女の為《せい》だ」母は毎日のように愚痴をこぼし、子供の私に辛くあたりました。それではじめて、酒田の女が私の生みの母だということを知りました。

　落目になってから、父はずっと酒田の方にいました。金山へ手を出したり、米相場をはじめて、傾いた家運を建直《たてなお》そうとあせっていたらしいのです。人間が運の好い時には寄ってたかって金を儲けさせてくれるが、一つ躓《つまず》くと寄ってたかって剝ぎとるものだと言いますが、そんな風で父も、お茶屋へ入《いり》びたりで、苦労しながら身代を減らしていたのです。庄内の芸者を総揚《そうあげ》して、おばこ節の一団を持って東京へ興行にのりこんだという馬鹿げた真似《まね》までしたということです。

　母に言わせると、それはみんな酒田の女の為《せい》なのです。

「物見遊山ではあるまいし、病人の見舞に透綾《すきや》の着物でもあるまい」父を見舞に、一度酒田の女だという人が、来たことがありました。その時母はその人をそう言って批難《ひなん》しましたが、あとではその心持もわかってきました。私にとっては継母《ままはは》ですが、母も私もそんな気を持ち合ったことは一度もありませんでした。零落したことが何より悪いのでした。

　私は毎日のように母の愚痴と溜息《ためいき》をきくことに忙しくて、生みの母に逢いたいとも、別段思ったことはありませんでした。十一歳の年の十一月まで、私はぺんぺん草の家に住んでいました。私は急に酒田の母の許《もと》へやられることになりました。ある朝私は風呂敷包《ふろしきづつみ》一つ背負って、馬に乗せられて、大山の街を出発しました。

5

どういう話合《はなしあい》であったか子供のことで知りませんでした。十年の間、私を育ててくれた街です。涙のたまった睫毛の間から振り返り振り返りぺんぺん草の家に別れを告げました。

黒い屋根瓦と白い並蔵の上に、柿の実が赤々と光っている旧《もと》の家を、憎らしく眺めたことも忘れません。

鶴岡という城下から汽車に乗りました。そんなことはつまらないことですが、田舎娘がはじめて汽車に乗ったのです。怖ごわながら嬉しかったものです。後に十三の時、一人で東京へ出る決心をしたのも、ひとりで汽車に乗れる自信がこの時出来たからで、私の一生にとってこれは大切な事実です。

酒田の停車場へ着くと、母が迎えに来ていました。はじめて親子の名のりをしたのですが、母はまだ三十をやっと越したかと思われる美しい人だったが、いつか見た時より見すぼらしい様子をしていました。母の家は思ったようではなく、きてみると、ぺんぺん草の家とあんまり変らない、むさくるしい裏家でした。

だんだん解ったことですが、母は素直な執着のない、まるで子供のような人でした。どんな不倫な行《おこない》も、この母の場合には、責める方が無理な気がするほどでした。父が気を落してあくせくしている時でも、慰めることも力をつけることも、この母には出来なかったのです。と言って父の懐の暖かい時に媚びたりせびったりして自分の為《た》めにすることも、また出来なかった人です。だから父が重病になって大山へ帰ると、ばったり、まるで売食いをしてその日その日を暮していたらしいのです。私がいってから、夕方になると小さな包を抱えて出て、お米を買って帰る始末でした。それだのに母はいつも長閑《のどか》な顔をして、明日のお米がなくても呉竹《くれたけ》でお茶を一ぷくと言った人でした。

いつの間にか、空っぽになった箪笥《たんす》を見て私の方がとても気が気ではありませんでした。

6

それはお金のない心配ばかりではありませんでした。ある夜、私は母の泣声に驚いて眼をさますと、見知らぬ男が、髪の毛を攫んで母を床の上にねじふせているのです。私が起上《おきあが》ると、その男は私に気がついて気拙《きまず》そうに手を放しました。何故母がこの男にそんな目に逢わされるのか、その時は分らなかったのですが、それでも母はおとなしく残ったお酒の燗《かん》なぞして機嫌をとっていました。

見たところ頬髯《ほほひげ》の生えた険のある顔立でしたが、色の白い、与三郎のような男でした。それからは昼間でもきては、ゆっくり腰を据えて酒を飲むようになりました。いつとなし私も、この男を兄様《あんさま》兄様と呼ぶようになって、兄様が泊ってゆく夜でさえ、別に不思議にも思わなくなりました。母とこの男との関係は、子供のことだからどうと言ってはっきり分らないまでも、なんとなく分っていたのでしょう。酒乱というのですか、お酒に酔うと無理ばかり言って、母を泣かせることは毎晩のようでした。母を打擲《ちょうちゃく》している時でも、私の顔を見るとさすがにおとなしくなりました。そんなにされながらも、母はその男をたいそう愛しているように見えました。

それにしてもこの人は何をする人なのか、おそらく正しい職等を持った人間とは見えませんでした。たまに出かけると一週間も十日も帰らないことがありました。帰る時には、大抵ざくざくとお金を持ってきて、景気よく飲んだり喰ったりして了《しま》いました。

母は日頃から丈夫な方ではありませんでしたが、翌年の秋口から病みついて、薬とお酒とを買いにゆくのが私の仕事になりました。というのは、兄様は金があろうがあるまいがお酒を飲みたいし、病人には、何をどうしても薬をあてがわねばなりませんでした。

私は、お金を持たないで、いくど薬屋のまえを行ったり来たりしたか分りませんでした。どうかして私は、自分でお金を儲けねばなりませんでした。

7

私は母にかくれて、この街の海辺にある遊女街へ行きました。そこにお徳婆さんという辻占煎餅《つじうらせんべい》を卸すお婆さんを知っていたので事情を話すとお婆さんも同情してくれて、私は辻占を売ることにしました。「よろずよし」とか「待人きたる」とか、自分でその煎餅へ豆腐のにがりで書いたものです。

お高祖頭巾《こそずきん》で顔を包んで、赤い提灯《ちょうちん》をさげて私はでかけました。

「淡路島通う恋の辻占」と新町の橋の上ではじめて声を出して言った時の心持は今も忘れません。私はすぐある家へ呼ばれました。「可哀そうだみんな買ってやれ」と二階から声をかける客があったり、頭巾をとって見せてくれという酔っぱらいもおりました。いつの間にか私の評判は廓《くるわじゅう》中に拡がって、私の呼声《よびごえ》が橋の上からするのを毎晩待っているというある茶屋の娘もありました。

そんな風で私の商売はとにかくいくらかのお金になりました。それでお酒も薬も買って帰って、母や兄様《あんさま》の喜ぶ顔を見るのが嬉しくて、吹雪《ふぶき》の夜でも休んだことはありませんでした。

ある晩、お得意の平八という茶屋の門口へゆくと、女中さんが出てきて、家の娘さんが、是非見たいからと言って、むりに座敷へあげられました。そこは、綺麗《きれい》な友禅の掛蒲団をかけた炬燵《こたつ》のある小座敷で、恰度私の年頃の娘と娘の母らしい御内儀《おかみさん》とが喜んで私を迎えてくれました。蒔絵《まきえ》の小簞笥から甘《い》しいものを出したり、人形や千代紙などを見せてくれました。御内儀《おかみ》さんは私の顔を読むように見ながら「好い子だねえ」と女中に言っていました。それからは、毎晩のように平八では、私の辻占を総仕舞《そうじまい》にして、私を例の小座敷へあげて、娘と遊ばせてくれました。吹雪の中で顫《ふる》えながら聞いた時とは違って、すっぽり炬燵に暖まりながら二階座敷の三味線をきいていると、そこには今まで知らなかった自由で花やかな世界があるような気がして、いつか心持もほぐれるような気がするのでした。

「沢ちゃんは家の子になる気はないかえ。そうすればお母様も楽が出来るんだよ」ある時御内儀《おかみ》さんはそう私を勧めるのでした。踊《おどり》や三味線も習わせて、好い着物も着られるというのです。

8

ある夜、平八の御内儀《おかみさん》に「沢ちゃんちょいとこのお銚子を離座敷《はなれ》へ持っていっておくれな」と頼まれて私は何げなく入ってゆくと、そこには若い男が二人坐っていました。私はその時まだ十二だったけれど、身体《からだ》の発育は早かったし、心持もませていたのでしょう。顔が赤くなって、何だか羞恥《はにかみ》ということをこの時はじめて知ったように思います。

「あれが山三の息子だよ、沢ちゃんも知っているだろう」御内儀に言われて思いついた、山三というのは本町の呉服屋で、そこの前はよく通って、息子も顔見知りであった。御内儀はいろいろその息子を賞《ほ》めたてた揚句に「お前さんに大変御執心でね」と言って私の顔を見るのです。女の子の本能で私は顔を真紅《まつか》にして、怖いような嬉しいような心持を感じて俯向いていました。

私は何か身に危険を感じながらも、眼に見えぬ糸に引かれるように、毎晩のように平八へゆきました。私は山三の息子よりもあの夜離座敷にいた今一人の酒屋の息子の方に、心をひかれていたようです。酒屋は私の家の表通りで、母も知合《しりあい》で、その息子とは口をきいたこともあったのです。しかし平八で酒屋の息子に逢ったことは母には秘していた。その頃はもう辻占もやめて、見知り越しのお座敷へお銚子を運ぶほどの手伝いをしていました。

あくる年の正月の、たしか三日の晩でした。平八の座敷で山三の息子に逢いました。

「よく似合って好かったね」山三の息子は、暮《くれ》に御内儀にこさえて貰《もら》った私の着物を見てそう言うのです。それは山三の息子の心入れだとその時はじめて訊いて、私はとんだことになったと思いました。

「これからみんなで熱海へゆくんだから、沢ちゃんもお出《いで》な」御内儀の独り合点で、私も自動車に乗せられました。私はずっと小さい時大山の親達と一所《いつしよ》に一度行ったことのある温泉場で、山三の息子が行くのだから、酒屋の息子も一所だろうぐらいに思っていました。

9

熱海へ着いたが、心待ちにしていた酒屋の息子はついに来ないで、山三の息子がひとり燥《はしゃ》いでいました。平八の御内儀《おかみさん》も取巻の芸者達も現《うつつ》をぬかした大騒ぎです。ひとり私は母が案じられるからというと、「私が好いようにしてある、安心して私に任せてお置き」と御内儀に言われて、私もつい生れてはじめてのお酒を呑んだ。

ふと眼をさますと、私は床の上に寝かされている。私の傍には山三の息子がいる。驚いて起上ったが、私はもう、どんな抵抗も無駄だということを悟りました。その力もありませんでした。波の音が枕の下にしていました。

私はその夜、取返しのつかない身体にされたことよりも何よりも、はじめて家をあけたので、母に心配をかけて叱られはしないかとそればかり案じながら、翌日、平八の御内儀に送られて、母の家へ帰ってきたのですが、母は泊ってきたことを驚きもしなければ叱りさえもしませんでした。

これは後で分ったのですが、兄《あん》さまは山三の息子から大枚のお金を絞取《しぼりと》って、私を平八に売ったのでした。母もその事は知らないことはないのですが、好い気な人だから、兄さまに丸められてしまったのでしょう。

私はそれっきり、何と言ってきても平八へゆかないものですから、平八の御内儀も、兄さまも大分困っていたようです。困るといえば私達親子は別な意味で、またその日の暮しに困って来ました。母の病気は快《い》い方に向いては来ましたが、兄さまに対する母の気苦労は、そばで見ていて歯掻《はがゆ》いほどでした。それでも私は母を憐れみこそすれ、憎む気にはなれませんでした。兄さまの名うての悪党振りは、だんだん私の眼にもあまるようになって、平八の一件以来、私にも辛く当るようになりました。いくらのらのらの母でも、それを見てはさすがに私にも気兼ねをしながら、やはり兄さまの乱行打擲に泣きながらも縋《すが》りついていました。このままでいったら、三人とも肉を嚙み合って死んでしまうだろうと、私は考え出したのです。

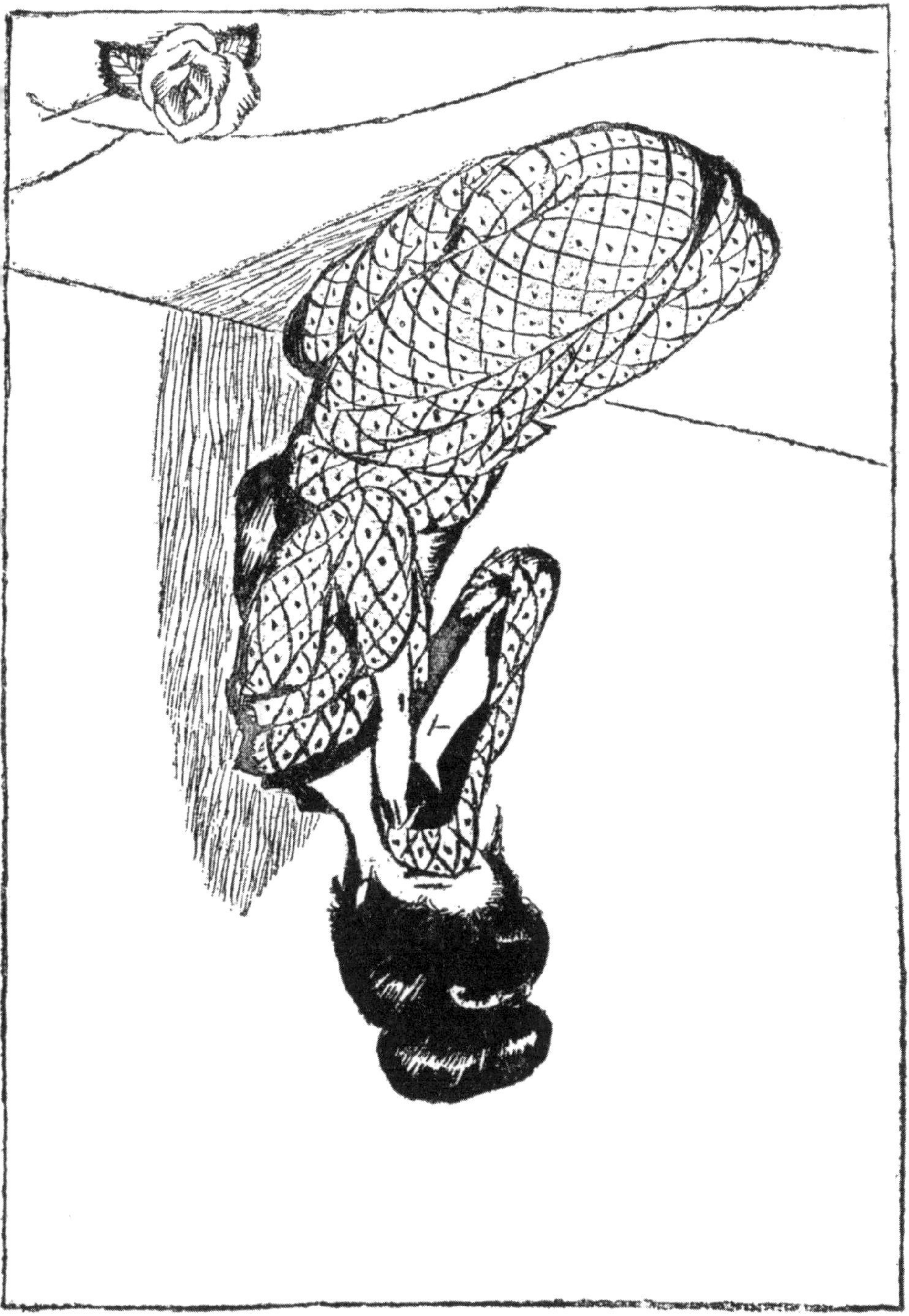

10

いつしらず、十三になったばかりの私の心には男を憎む心持が育っていました。それは私が山三の息子に身を任せさえすれば、兄《あん》さまも上機嫌だし、従って母も安楽なのですが、いかにもそれは浅間《あさま》しい気がして心がすすまないのです。この息苦しい生活を逃れるには、この街を去るより外に道はないと思いつきました。大山の母にも聞かされていたのですが、私には腹違いの兄が東京にあって、時折音信も仕合《しあ》っていたので、私は東京行を決心しました。しかし母に、兄さまを思い切らせてこの街を去ることは、なかなかむつかしい仕事でした。でもやっと子供欺《こどもだま》しのようなことを言って母を納得させました。

北国はまだ冬景色の三月下旬の夜の汽車で、私達母子《おやこ》は酒田の街を立ちました。兄さまに見つかったら大変ですから、名残を惜《お》しむ母を励ましたり、私はもう気が気ではありませんでした。酒屋の息子がそっとプラットフォムで見送ってくれましたが、私はもう気がたっていたので、涙さえ出ませんでした。

東京はもう春で、上野のあたりは人の山でした。桃色の袘《ふき》のついた手織木綿を着た田舎娘は、お祭りのように着飾った東京の女達をびっくりしながら眺めました。

兄の家は下谷の天神下にありました。前振れもなしに突然やってきたので、兄も面喰《めんくら》ったようでした。それに名ばかりは妹なのだが初対面ではあり、兄にして見れば縁のない母親連れでは、随分お荷物に違いないのでした。家には女房の外に女房《つれあい》の母だという年寄が一人いました。この兄の母親というのが、大山の父の世話を受けていたので、その母が死に、大山の父が死んでしまってからは、兄の暮し向《むき》も楽ではないのでした。ことし三歳になる兄の子供のお守《もり》をしながら、私は湯島天神のベンチに腰かけて東京の街を見ながら考えるのでした。

「私は兄の家を出よう。そして自分で何か働いて母を養ってやらねばならない。広い東京には何かする仕事があるだろう」

11

「髪結《かみゆい》下すき募集」と書いたビラが、天神様の壁に貼ってあった。私はそれを見て行って見る気になりました。兄の子を負ぶったまま神田連雀町の髪結の家へ行きますと、「お前さんかね。さあすこし若過ぎるが、勤まるかどうかまあ来てごらん」と師匠らしい人が言ってくれました。

翌日から私はそこの下梳《したすき》になったのです。

髪を結に来る客は、その辺の宿屋の細君や料理屋の女中や、カフェーの女給や、芸者が大部分でした。話と言えば自然、引かされていった女の噂とか、客の品定めから始まって聞いていて顔の赤くなるような所まで落てゆくのがきまりでした。

「お袖さんなんざあ仕合せさ、旦那が浮気一つするじゃなし、お袖さんが眼に入っても痛くないって風じゃあないかね」

「いやなお師匠さん。あの年で浮気をされた日にゃ取所《とりどころ》はないわ。芝居へゆくにも、半襟一本買ってくれるにも因縁をつけるんだもの。そのくせいつでもお札の束を帽子の中へ秘《かく》して持っているのよ。それを小出しにして見せびらかしては、芸当をするまでおあずけだって、ひとをまるで犬だと思ってるわ。人間も年をとるとあんなに図々しくなるものですかねえ、お師匠さん」

「さあどんなものかねえ。でもたいそうな成金だって言うじゃないか」

「そんな噂だけれど、どうですか。でも息子さんが大学を出たら、家へ引取ってやるっていつも言っているわ。でもあたし奥さんになるのなら若い人が好いわ」

「ぜいたくをお言いでない。親がかりの息子を情人《いろ》にしたんじゃ、それこそ半襟一本にもならないよ」

「そうね。表向きの奥様になれるんじゃなし、やっぱりお金になる方が好いわね」

12

「そうさね、愛の恋のって言うのは娘のいうことさ。取引となりゃ値の好い方がいいからね。今日は髷《まげ》にあげるんだっけね」

「ええお師匠さん」

「髷に結って三越から帝劇という寸法なの、羨《うらや》ましいねえ。お前さんあちらを梳いてあげておくれ」

お師匠さんにそう言われて、私は近所のカフェの女給だという剝げた白粉《おしろい》の上に頰紅をさした女の髪を梳きながら、そんな話をきいていました。

「沢ちゃんは可愛いのね」その女給は鏡の中に映った私の顔を見ながらいうのです。

「沢ちゃんほどの器量があったら、あたし女優になるんだけど」

「まあ」

「ほんとよ、お師匠の前だけど下梳には勿体《もったい》ないようね、ほほ」

「田舎者をそんなにおだてないでおくれ」お師匠さんはそう言いましたが、私はまた、いつか平八の内儀《かみさん》に「好い子」だってほめられたことを忘れませんでした。それにこんなに沢山《たくさん》出入する女の中でほめられることは、女としての私に自信をつけてくれるのでした。

ある日、その女給は私に言いました。

「沢ちゃん、あたしの家へ来ないの、月に百円位だまっていたって稼げるんだよ。いつまで下梳をしてたって先が知れてるじゃないの、沢ちゃんなぞが愚図愚図《ぐずぐず》してるのはうそよ」

そんな事を言われなくてさえ、髪を結にくる女達の面白おかしい話から、そうした人の生活へ興味を持ちはじめた時ではあり、いろんな人の出入りするカフェというものは、私の好奇心を引くのに充分でした。いま活動女優の花形になっている林三千子も、曾《かつ》てカフェの女給であったということも、私の心を動かした。

私はとうとうお師匠さんの所を逃げだしてあるカフェの女給になった。

13

その家は「青い鳥」といって、銀座裏にありました。白いエプロンをかけてフェルト草履で、ついついと椅子の間を通りぬけて、いろんな客に給仕《サービス》する仕事は、たいへん私の気に入りました。食堂のまん中の作り桜が取除《とりの》けられて、すぐ五月になりました。私はネルのキモノが一枚ほしいと思いました。

私がはじめて給仕した人が、この日も二階の隅の卓に来て坐りました。私はなぜかこの人を記憶《おぼ》えていました。いつも灰色の洋服に灰色のネキタイをして、紫色の小さなネキタイピンをした、年の分らない人でした。襟の汚塵《ほこり》を始終払ったりズボンの折目を気にしてばかりいる客の中で、この人だけは、いつも平常着《ふだんぎ》をきたように無頓着でいながら、綺麗な感じのする人でした。「君は十三だね」

「あら、どうしてお分りになりまして」

「だって胸のとこに書いてあるじゃないか」私の胸には給仕の番号が13と書いてあった。

「それじゃ君は年も十三なの」

「ええ、そうですわ。何故ですの」

「何でもないがね。十三という卓は縁起が悪いそうだが」

「でも、あなたはいつもここへ在《いら》っしゃるのね」

「ああ、十三の卓へ来れば君に給仕《サービス》して貰えるからね」

「まあ、何をあがります」

「オブキングにチーズ、食物《たべもの》はマカロニイ」

私は注文をきいて、卓をはなれて行こうとすると、その人は私を呼止めて

「君、ちょっと待っておくれ。君の左の襟足には黒子《ほくろ》があったね」というのです。私はびっくりして、思わず自分の襟足をおさえて

「ええ、ありますわ。でも、どうしてですの」

「その黒子を僕に呉《く》れない？」

14

「黒子を呉れって言ったら、君は驚いたようだね。君の首から黒子を掘返《ほりかえ》して持ってゆくのじゃないよ。ただその黒子を僕に与《や》るって約束さえして呉れりゃ好いんだ。どうだい約束してくれる？」

「あなたなら、しても好いわ」

私はそれがどんな意味か知らないで約束しました。帳場の方へ注文を通しにゆくと、私をここへ連れてきてくれたお浜さんが
「十三番のお客は誰だか、あんた知ってる？　シネマの役者よ。しっかりしなきゃ駄目よ」

どういうつもりでお浜さんがそう言ったのか、私には分らなかった。

「そうお」

「そうさ。好い男はお金にならないものだわよ。お金にするには、老人か醜男《ぶおとこ》に限るわ。どんな人間にでも一つ位は取柄があるものよ。ほめるものがなかったら、あなたの脚は大きくて丈夫そうね、とでもほめるのさ。男ってものは大抵自惚《うぬぼれ》があるからね、すぐ参るわ。でも女の方も、君の眼はなんて美しいんだろう、なんて言われて好い気になったらもうお仕舞よ。自分が自分の美しさに惚ないで、その美しさを利用することを忘れちゃ駄目よ。よく覚えてお置き、沢ちゃんなんかこれからだわ。君の口は可愛いねって言ったら接吻《きつす》をするつもりなんだよ。そうですか、あの人もそう仰言ったわ、とね。いいかい」私はこんな風に勉強したが、お浜さんの言うように、自分の美しさを利用してお金儲けをすることはどうしても出来なかった。お浜さんはいつも傍から、私をもどかしがった。

ある晩、灯をいれてからエプロンを解いていると、お浜さんが傍へきて耳こすりで
「これから好い所へゆくのよ。あんたも連れてゆくわ。すぐ着物をお着換《きかえ》よ」

と言うのです。私はお浜さんの言うままにして、露地を出ると、そこに一台の自動車がひっそりと待っていた。

15

お浜ちゃんに押込《おしこ》まれて自動車の中へ入ると黒いソフトを眉深《まぶか》に被ったOさんが笑っていた。Oさんはどこかの大学生だというがいつも薩摩絣《さつまがすり》の揃いに紫紺無地の襦袢《じゅばん》なぞ着たさっぱりした青年で、やはり「青い島」の定連《じょうれん》の一人でした。車が動き出すと「Oさんが長崎料理を奢《おご》って下さるんですって」私にそう言いながら、お浜さんは運転手に

「灯を消《けし》て頂戴《ちょうだい》な」と注意しました。私は二人のまん中へ坐らされていた。Oさんは身動きひとつしないで、黙っていました。お浜さんがいきなり私の手をきゅっと握って

「沢ちゃん、嬉しいでしょう」と言うのです。

「だってあたし長崎料理なんか食べたことないんですもの」

というと、Oさんもお浜さんも声をあげて笑いこけた。むろんお浜さんが「嬉しいでしょう」と言った意味は分っていたが、私はそんな冗談が言えるようになっていた。

話の先を急ぐために私はOさんの事を話しだしたが、これまでにも客に連《つれ》られて御飯を食べにいったことも、一日泊りで鎌倉の方へ出かけたことも度々《たびたび》あった。

どうせ女は美しい人形で、ただ美しくさえあればそれで好い。「あたしあなたが好きよ」とか「うれしいわ」とか言うのは、人形のお腹を押せばぴゅうと言って啼《な》くようなもので手際よく啼かせさえすればそれで好い、と、男達が考えているように、私もそう思って、鸚鵡返《おうむがえ》しにその人の好きそうなことを言いました。

「こんなことをして何が面白いのだろう」と思いながら男の顔を憎らしく見あげたこともあったけれど、つまりは私に出来る一つの仕事でしたから。

今一つそれには好い手引があったのです。よくコック部屋へ出入する定さんという男がありました。なんでも西洋軒とかのコックをしていたとかいうので、いろんなカフェとかレストランを知っていました。女給の出し入れや夜の仕事のさいとりのような事までしていました。

16

「あの娘はおめえ、三月《みつき》で嫁入仕度をすっかり稼いじまったよ」

定さんは、そんなことを私達に聞かせました。

私はある立派なホテルへ、定さんに連れてゆかれた。

「どれでもお前さんの気に入ったのを取っておくが好い」

その紳士は私にそう言いました。宝石商は卓の上にいろんな指環《ゆびわ》を並べながら言うのです。

「こちらは月の涙という真珠でございます。これは王女の夢と申しまして薔薇《ばら》の中から幻の面影がたつという石でございます。お嬢様にはこれはいかが様で」

「王女の夢」は誂《あつら》えたように、私の指にきっちりはまりました。

私はその部屋にとり残された。二人きりになると、その紳士は扉口《とぐち》にぴんと錠をおろしました。

何時間経ったとも私は分らなかった。

私はやっと許されて、窓のところへいって、ガラスに頬をよせて、見るともなく屋根ばかりの外の景色を見ていました。すると、脹《ふく》れた鼻の穴からも呼吸《いき》をしながら、その紳士は後から私へ近よりながら、何事かとおもうと
「ほら、あすこに赤い高い建物が見えるだろう、あれがわしの会社だ」

と言うのです。私はあんな建物が何が面白いものかと思って、得意そうに会社を建るまでの苦心談や成功談を、その人がするのをまるでうわの空できいていました。

考えても御覧なさい。若い娘と一つの部屋にいる時に、若い娘に「余はいかにして缶詰事業に成功せしや」なんていう話が、どうして面白いものですか。

私は何よりも、早くこの部屋から出たいと思いました。

しかしその時まるでうわの空で訊いていた大谷商会というその会社の名をどうして記憶していたのか、私は思い出した。

17

私はまた長崎料理へ話を返しましょう。Oさんとお浜さんと三人、支那風の赤い食卓を囲んで一つ皿をつついて仲よく食べていました。

今まで何の気もつかずにいたのですが、こうしていつもと異《ちが》った場所で逢って見ると、沢山の客の中でも、このOさんはとりわけ好きな人だった。お浜さんが「嬉しいでしょう」と言ったのも、本当だったと思うのでした。そのつもりにして、お察しの好いお浜さんは、Oさんと私と二人きりの機会を、上手につくってくれました。

Oさんは私にそう言われて、恥しそうに、電気のスイッチをひねりました。私はまだやはり美しい人形ではあったけれど、Oさんは人形を啼かせるなどということを少しも知らない生素《うぶ》な人でした。私はこの時はじめて、甘んじてただ男の美しい玩具《おもちゃ》になって遊ぶ人形ではなくなったのを感じました。

あとでお座敷へ帰って見ると、お浜さんは女中さんを相手にまだお酒をのんでいました。私も盃をうけながら、お浜さんに甘えるような気持で、お浜さんに倚《よ》りかかりながら

「聞かせて頂戴、あたし何って言って呼べば好いの？　だってOさんじゃ分らないでしょう」

「あなたや、とでも呼ぶのさ」お浜さんは巻舌になって「ねえOさん好いでしょう？」

「あら、そうじゃないのよ。お名前を訊いているんだわ」

「ああお名前かい、お名前は大谷俊一さんさ。男爵大谷三八郎氏の令息だよ」

「それじゃあの帝国ホテルの前の赤い建物を持っていらっしゃる方？」

「お前さんまたよく知っているんだねえ」

「あら」私はもう穴へでも姿をかくしたいような気持で、Oさんの顔を再び見る勇気がなかった。

なんの因果であったろう。薔薇の花片《はなびら》の中に面影があるという「王女の夢」に、親と子の姿が重なって映ったのであった。

18

親と子とを同時に男に持ったという事は、倫理的な反省や理屈ではなしに、何か卑しい汚らしいことでした。殊《こと》に若いOさんが、あの淫蕩な禿頭《はげあたま》の子供であるとは、何という自然の戯画であろう。私の美しい夢は、こうしてその第一夜に於《お》いて、ずたずたに破られてしまいました。私は誰にも告げずに支那料理屋を出てきました。お浜さんにもOさんにももう逢うまいと決心したのです。むろん「青い鳥」に帰る気はなかった。

そこは何処《どこ》だか知らない。黒い水が淀《よど》んだ堀割の縁を歩いていた。大通りを走るタクシーの響きが時々聞えるきりで、河岸《かし》は人ひとり通っていなかった。

夜はもう更《ふ》けて、私はどこへゆく的《あて》もなかった。結局母親のとこへ考えは落ていったが所詮、母親に分って貰えることでもないから、徒《いたず》らに心配させてまたいつもの愚痴や泣言を聞かされるのがおちで、それに義兄の分りきった意見を長々と聞かされるのも煩さかった。

私は心のうちで知った人の名を一つ一つ取出して見たが、どれもこれもお調子者か助平で一人として頼みになりそうな男はなかった。今時分そんなことを感じてもはじまらないが、男達はみんな私の若い肉体を喜んでいたので、私という人間を一人だって愛してくれた男はなかった。

そんなことを考えながらある橋の袂《たもと》まで来ると、向うから「あき車」の札を出して走ってくるタクシーがあった。手をあげて私は車をとめた。

「とぱん」と運転手は扉を閉めて「どちらへ」と訊ねた。突差《とっさ》に私は「本郷」と答えてしまった。本郷に私の心あてがあるのではなかったが、車は向きをかえて、まっしぐらに走りだした。

「本郷のどちらですか」もう本郷の近くへ来たと見えて、運転手はそう訊いた。

「そうね、いま考えるわ」

19

人間が恵まれている時には、運の好い友達を持ちたがるものだが、寂しい時にはいつか寂しいもの同志寄り添うものだ。

私は一人のお友達を思出した。「青い鳥」へ時々やってくる学生で、いつ見ても頭を鳥の巣のようにもやもやにして、海軍の兵隊靴をはいてきた。よく口笛でアヴェ・マリアを吹いて私達を喜ばせてくれた、気のおけない愉快な青年で誰にでも好かれるかわり、誰とも感傷的《センチメンタル》な仲にはならないと言った風な、どこか心の奥底に凛《りん》とした所のある学生でした。

なんでも雑司ヶ谷の森の中に住んでいるのだと聞いていた。あの人なら心置きなく話も出来るし、親身になって考えて呉れそうな気がする。私はそこへゆくことに決めた。

「あの、雑司ヶ谷へいって下さいな」

「え、雑司ヶ谷？　小石川ですね」

「あたし知らないわ。ただ雑司ヶ谷だわ」運転手は胡散臭《うさんくさ》い迷惑そうな顔をして、坂を上ったり谷を渉《わた》ったりして車はやっと、鬼子母神の境内へ出てきた。「森の中だというのならこの辺でしょう」

「そうね、降《おろ》して頂戴、探して見るわ」どこの家も寝静まって道をきく術《すべ》もなかったが、なんでも自分達で建たという不思議な家だときいていたので、運転手のランプを借《かり》て、森の中を探し歩いた。

やっと墓地に添うた垣根のわきに、黒猫のかんばんの下った「鴉《からす》の家」と書いた、なるほど不思議な家が見つかった。

「ああここよ、きっと」二三段階段を上ってゆくと「御用の方はこの紐を引かれたし」と書いてある。私は紐を引いた。ガランガランと思いがけない大きな音が二階の方で鳴った。

「誰だい」そう言って窓から首を出したのはたしかに三輪さんでした。「あたしよ、沢子ですわ」

「ああ」そう言って窓から首を引こめたかと思うと、間もなく入口の扉が内から明《あ》いた。

「沢ちゃんだね。連れは！」

「あたしひとりよ」

20

三輪さんの後について、ぎしぎし音のする階段を上ると、西洋の骨董屋のようにいろんな物をごたごた並べた室があった。

「さあ掛けたまえ」三輪さんは脚の傾いた椅子を私に示しながら自分は寝台の端へ腰かけて、「どうしたんだね、見掛けたところ大変顔色がよくないが、何か心配でも出来たの」

「ええ」私はそう言ったが、何故かすこし笑いたいような、気楽な心持になっている自分を不思議に思いながら、「後でお話しますわ、何でもないことなの、お話しなくても好いわ。だけどあたし『青い鳥』を出てきたの」

「遠慮しないで話したまえ、僕でも何か君の役に立つことが出来るかも知れないから」

「あたしもうあんな生活がいやになったの。今は何にも訊かないで、三輪さんお願いですわ。あたしを二三日おいて下さいね。だってあんまり急なことで、それに何処《どこ》へも行く所があたしにはなかったんですもの」

「三日が十日でもそりゃ構わないが、これからどうしようと言うんだね」

「それをあなたに考えて頂《いただ》きたいの。あたし真面目に勉強したいと思うわ、歴史だとか習字だとか、だって何にも知らないんですもの」「ははは」三輪さんは笑い出した。

「そんなことをしなくっても、沢ちゃんはそれで好いんだよ。ただ美しくて、可愛ゆくて……」

「あたしもうそんな風に言われるのいや。あたし何か手仕事を習って、それで暮してゆきたいと思うわ。刺繍とか造花とか、そんなものを習いたいの」

「ふうん」三輪さんは腕組をして考えていたが、「労《つか》れているだろうから明日のことにして今晩はもうお休み」

「いいえ好いのよ、あたしは」

「それじゃお茶でも入れようかね」

「それならあたしがしますわ」

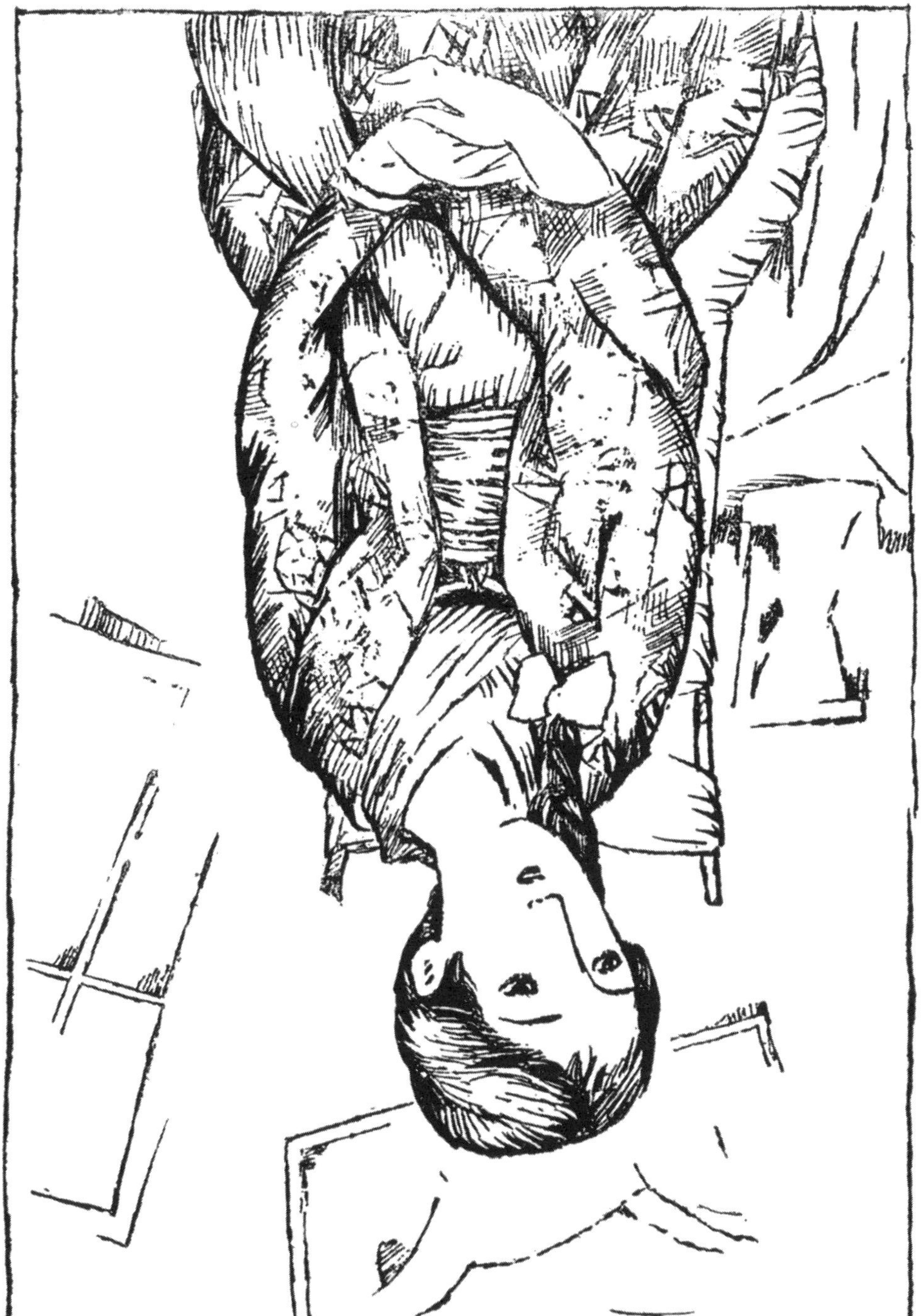

21

菫色《すみれいろ》の光りがガラス越しにカアテンの隙から忍びこんで、いつの間にか夜があけた。開け放った窓から朝の爽《さわや》かな空気が清水のように流れこんだ。

「まあ好い気持ね」私は久し振りに自然の景色に接して、思わず声をあげた。

「三輪さんはこのお部屋で本を読んだり、唄を歌ったり、考えたりなさるのね」

「そうだよ」

「御飯はどうなさるの」

「飯は食べたり、食べなかったりするよ」

「まあ。では食べる時には誰が煮るの」

「僕がこさえたり。時々は隣の、ほらあすこの茅葺《かやぶき》の家の婆さんが持ってきてくれるよ」

私はこの人のこうした自由な生活に、だんだん興味を持ちはじめました。

「今日はあたしが御飯を作りましょうね。ね、好いでしょう」

「ああ、そりゃ結構だね」私達の不思議な生活は始まりました。穴倉とも台所とも食堂ともつかぬ階下の部屋へいって、戸棚を探してありったけの材料で、私は生れてはじめての朝餉《あさげ》を、自分の手で作りました。女は食べ物を作るとか、着物を縫うとか、子供を育てるとかいうことに、本能的な興味を持っていることを、この時はじめて知りました。

お飯事《ままごと》のような女房振りもなんだか珍しくて、嬉しいのでした。食事がすむと、三輪さんは、服に着換て「お友達の許《とこ》へいってくるよ。君の仕事のことを相談してみよう。すぐ帰ってくるよ」そう言って出てゆきました。

三輪さんの後姿が見えなくなってからも、私は出窓のとこに腰かけて、じっと外を見ていました。するとと瞼《まぶた》のうちが熱くなって、涙が頬を伝って流れました。悲しいのでも、嬉しいのでもない。なんだか知らない。私はおいおいと終《しま》いには声をあげて、まるで幼稚園の女生徒のように泣きました。

22

三輪さんは正午過《おひるすぎ》にお友達を二人連れて帰ってきました。

「遅くなったね沢ちゃん、淋しかったろう」「いいえ、ちっとも」

「そうかえ。こちらはS君にN君。これが例の『青い鳥』を逃げ出した――いや違った、その、新しい生活を初《はじ》めようという娘だ」「どうぞよろしく」

「いやこれは失敬」S君はおどけた身振をして私に手を差出しながら
「吾々《われわれ》の五月花《メーフラワア》、Sというけちな野郎で、よくこそ吾々の『鴉の巣』へお出で下さいました」

「僕はN。そこで早速議事に移るが、この娘さんは何を希望なんだね。おい三輪、君が代って説明してくれないか」

「何を為《な》すべきかを、これから皆で考えようというのだよ」

「そうか、するとまず、この娘さんは何に適しているかを考えなくちゃならないね」

「解ってるじゃあないか、ハイデルベルヒのケティさ。きっとあてるぜ」Sは冗談とも真面目ともつかず、自分の思い附きを誇って言った。「おい、真面目に考えてくれ。一人の虐《しいた》げられた娘が、古い衣を脱いで、新しい生活の道へ出ようとしているんだよ」

「だから舞台だって、新しい道だろうじゃないか、ねえN、君はそう思わないか」

「僕の考えじゃあ、何て言ったっけ、沢ちゃんか、沢ちゃんはまだ年が若いんだから、女としての、或《あるい》は人間としての基本的な教養から創《はじ》めなきゃいけないと思うよ」

「じゃあ、女学校へでも入れようというのか」

「いや、必ずしも学校教育ばかりが教育じゃないよ。必要に応じて、実際的な学科を吾々で授けるのさ。たとえば作文とか手芸とか」

「三輪のウィリアム・モリスの講義とか」

「そうだ、それも好いが、勉強は好きだろうか。どうだね沢ちゃん」

「嫌いでもないわ。でも、あたし手芸の方がどっちかと言えば自分にも向くと思うのよ」

23

その晩は、ウィスキイをぬいて、私の手料理でみんな有頂天に議論をしたり歌ったりした。

私の学科は明日から始めることにして、お友達は上機嫌で帰ってゆきました。私は下で宴会の後片附をすまして二階へ上って見ると三輪さんは、肘で頭を支えてぼんやり卓子《テーブル》の前へ坐っているんです。

「どうなすったの、お頭《つむり》でも痛むの」

「いや、そうじゃない」

「なら、何を考えていらっしゃるのよう。言って頂戴、あたし心配だわ。ひょっとしたらあたしのような卑しい女を、背負いこんだことを後悔していらっしゃるのではなくって」

「沢ちゃんも案外苦労性だね。そんな事なんぞ考えてやしないよ」

「では、どうして？」

「本当はね、寝台《べっど》が一つしかないんだよ」

「おほ、ほ、ほ、まあ、その事なの。あなたこそよっぽど苦労性だわ。あたしの事なら、お台所の隅っ子でも、それこそ卓子《てーぶる》の下でも寝られてよ」

「そうはゆかないよ」

「じゃ、あなたの寝台《べっど》へ入れて頂くわ」「そりゃいけない」

「あら、何故でしょう」

「君が女だからさ」

「でも、あなたなら大丈夫よ。そしてあたしだって……」

「君にすっかり安心されるのは、いささか寂しいが、僕でも男だよ。じゃ、まあ兎《と》に角《かく》君はその寝台《べっど》へ寝てくれたまえ。僕はソファでも椅子でも、何でも寝る工夫はあるんだからさ、遠慮はいらないよ」

私は三輪さんの親切な心やりを感謝しながら寝台《べっど》へ入った。しかしどんなに眼をつぶってもなかなか眠られなかった。布団の下からそっと覗いて見ると、三輪さんはまだ卓子《てーぶる》の前へ坐って何か考え事をしているのでした。

24

（教育のある男と無教育の女との関係は決して女を男の水平線《レーベル》まで向上させないで、反《かえ》って女の水平線《レーベル》まで男を堕落させる。（クープリンのヤーマより。この二三章は、ヤーマの暗示と、この物語の哀れな女主人公の体験によって描いたことを書添《かきそ》えておく。作者）

翌日《あくるひ》から私の学科は始まりました。午前は算術と歴史と国語で、午後は博物と手芸とそして夜は習字と音楽を習った。

午後の手芸と夜の音楽が、私には一番愉快な学科でした。殊に音楽の理論のあとでギタやハモニカに合せて流行唄を歌うのが、とても楽《たのし》みであった。算術は数字で一々書いて計算するよりも、自分の手の指で勘定した方が私にはずっと早く出来て楽でもあった。歴史ときたら、年号を覚えるだけでも頭痛の種であった。

私には、学問をするということは、もともと適していなかったのです。「富士山は甲斐、駿河、相模の三国に跨《また》りて、海抜一万三千……」なんて、正確に記憶《おぼ》えて三輪さんに褒められるよりも、晩飯のコロッケの出来栄を褒められる方が、ずっと私には嬉しかったのです。

そんな風で、私の勉強はなかなか私にとっても重荷であったし、私の教授達にとってもなみなみならず骨の折れることではあったが、生徒も先生も未来の希望を捨てずに、その日その日を愉快に過して行きました。

私は今でも、この時代を静かな怡《たの》しい夢のように、懐しく思出すことが出来ます。しかし私達の美しい空想の生活は、やがて無惨に破られる時が来ました。それは私の先生の一人であるNが、先生の権威を利用して、友情以上に私を愛し始めたことから、私は外の教授達に気拙い思いをせねばならなくなったからです。

25

ある時、私はNと二人きり、小さい卓子《てーぶる》を隔てて修身を勉強していました。どうしたはずみか卓子《てーぶる》の下で、私の足がNの足に触れたのです。私はそっと足を引込めようとしたがNの足が上に乗っかって、私は足を引くことが出来なかった。かりそめにも先生の事ですから私は黙っていると、Nの眼は急に輝いてきて、いきなり教科書の上の私の手をとりました。

私は「青い鳥」を出てきてからこの方、若い男達の中で随分自由な生活をしていながら、ついぞそんなことはなくてきた。

「三輪とはどうだ?」とお訊きになるんですか。そりゃあ三輪さんは前から好きでもあったし、今は私の恩人です。こうして朝晩一つ屋根の下で暮しているのですもの、それに私も生娘ではなし、どうかした拍子に感じることだってありました。

三輪さんはまるで超人のような人でしたけれど、やはり男です。自分の情慾《じようよく》と戦っていらっしゃる様子が、一つ家に住んでいるのですもの、私にはよく解っていました。

もし私が、三輪さんの愛情に値する女だったら私の方から進んで身を任せたかも知れません。けれど私は卑しい女だし、三輪さんのような方は、今に立派な所からそれこそ難のないお嬢さんが迎えられる人です。私風情が結婚前に、あの方にそんな負担をかけては済まないと、私はいつも自分に言聞《いいき》かせていたのです。

と言うと大変好く聞えますが、それは私の一種の僻《ひがみ》だったかも知れません。しかし、私達の間が奇《き》麗《れい》でいられたのは、何と言っても三輪さんがしっかりしていたからです。私は生涯であんな男らしい男を見たことはありませんでした。

なにしろ「青い鳥」以来の私はそんな風でしたから、Nに手を握られて私はびっくりしました。

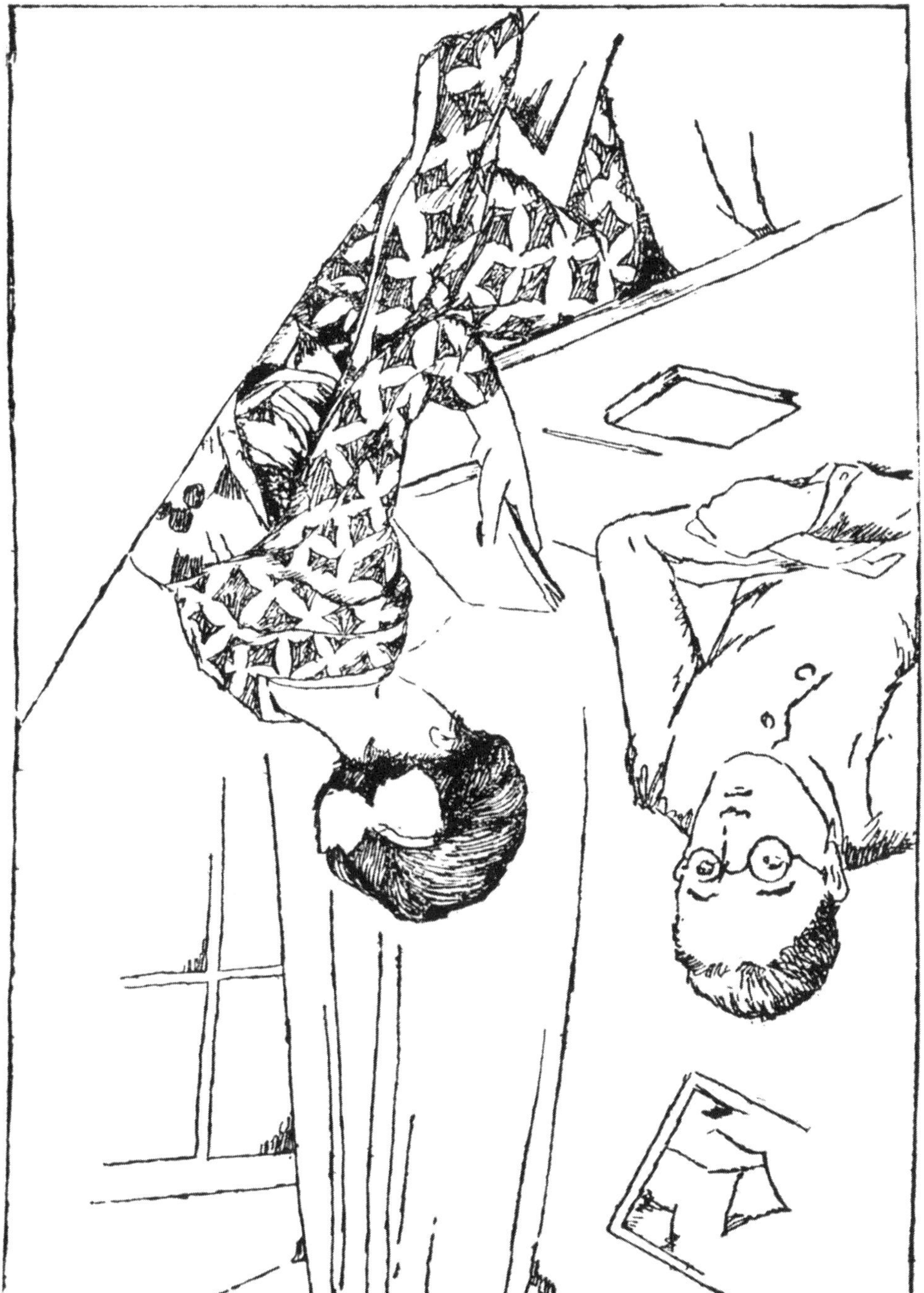

26

Nは私の手を摑《と》って、押しつけるようなしゃがれ声で言いました。

「ね、好いでしょう。耳をお出しなさい」

「いけません。あたしはいやです」

きっぱりとそう私に言えたのは自分でも不思議ですが、これは私が処女でなかったお陰《かげ》だったと、今でも思っています。それに私はNのいやに紳士振った品行方正ぶりと自信を持った態度が好きでありませんでした。

Nはまるで講義をするような調子で喋舌《しゃべ》りだしました。

「肉体と恋愛とは別なものだ。それが証拠には、肉体だけの快楽というものがある。もっと具体的に言えば、春を売る職業婦人の如きは、愛情がなくても男に身を任せることが出来るし、それを享楽することも出来るではないか。神がそういう慾望を、自由に無制限に人間に与えたということが、人間はいつでも肉体の要求を充《み》たしても好いという、神の意志で、自然だという事実を示しているのです。その場合、愛なんてものは、解り易く言えば礼服の如きもので、寒くさえなければ、人間はいつも裸体《はだか》でいても差支《さしつか》えないものだ。裸体でいるのが人間本来の姿だ。ね、沢ちゃん解るだろう」

「そんなむずかしい事、解りませんわ」

「理屈が解らなけりゃ、ただ……」Nが立上って、私の顔の上へ自分の顔を持って来ようとする瞬間、ドアが明いて三輪さんが入って来ました。

三輪さんは入口へ突っ立って黙って、Nの顔をじっと見ました。Nは私の手を放して、黙って室を出てゆきました。

私はいきなり三輪さんの足もとへ坐って、言いました。

「あなたはあたしを信じて下さいますわね。ね、三輪さん」

「…………」

27

「あたしは何もしたのじゃないんです。ね、信じて下さい。あの方が、いきなりあんな真似をしたんです。そこへあなたが帰ってきて下すったんです。ほんとにあぶない所だったんです。信じて下さるでしょう。ね、ね」

「…………」

「怒っていらっしゃるの。あたしどうしたら好いの、ね、怒っちゃいや、怒っちゃ、いや」

「怒ってなんかいないよ。また僕には怒る理由なんかないんだ」

「あら、そんな風な言方をしちゃいや。あたしがほんとうに何したんならそれこそ怒られたって殺されたって好いのですわ。でもあなたが、そんな寂しそうな顔をしていらっしゃると、あたしはもうどうして好いか、何よりも辛いわ。後生だからあたしを信じて頂戴」

「信じているよ。もしも沢ちゃんが本当に愛する人が出来たのなら、僕は喜んで君をその男に托《たく》そうとさえ思っているんだよ」

三輪さんはそう言って私の髪を撫《な》でました。三輪さんがそう言ったことは、本当に私を兄妹《きょうだい》のような愛情で愛していたからだと、後で私は知ったのですが、その時はそう言われると何かたよりなく寂しくなって、私は三輪さんの膝へしがみついて言いました。

「いいえ、いいえ、あたしは他の人なんか愛しません。きっと愛しません」

三輪さんはしかし、私には何とも答えないで、やさしく私をいたわってくれました。でも、この事があってから、三輪さんと私との間には、もうどうすることも出来ない垣根が出来ました。やはり男と女は、男と女です。

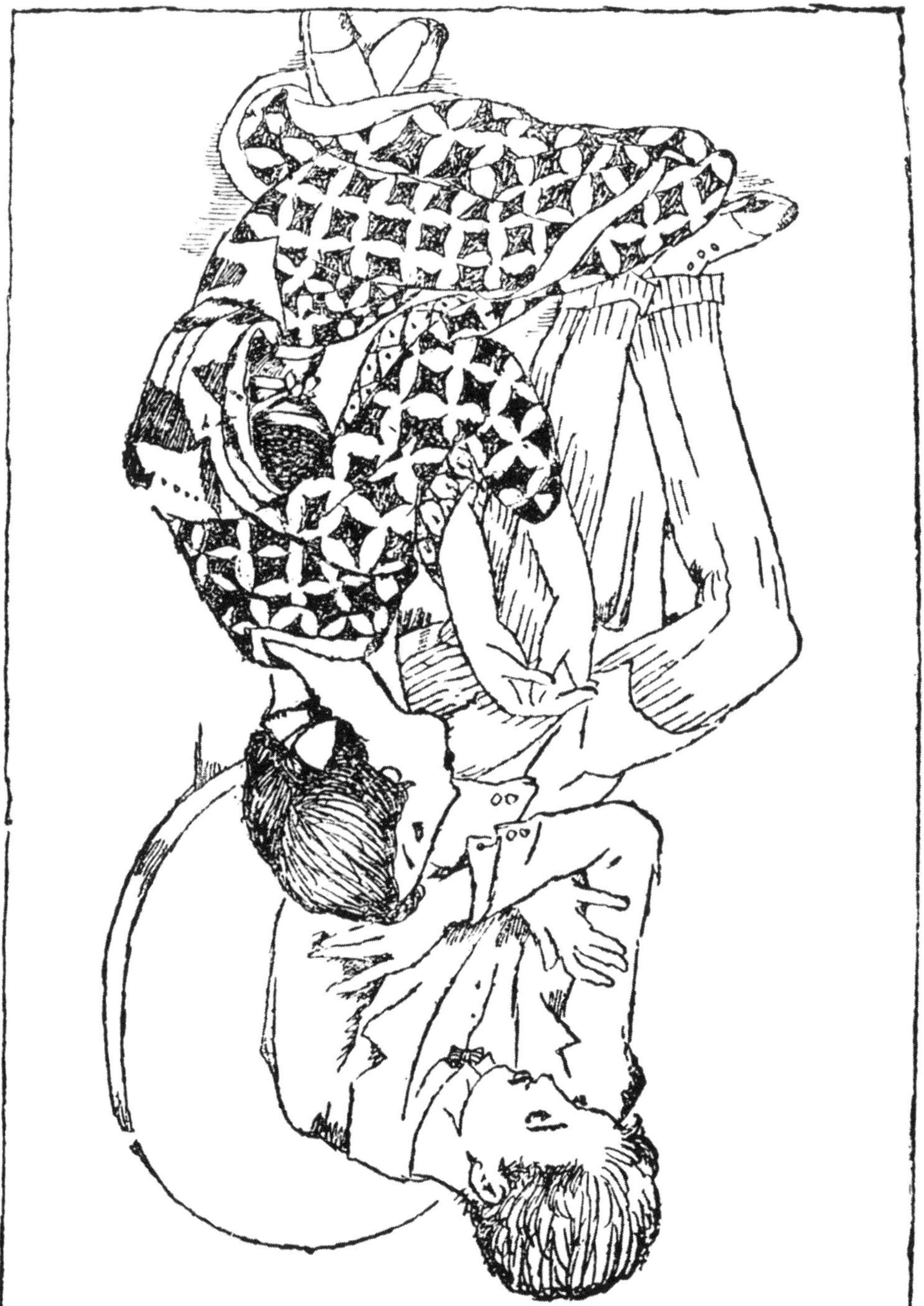

28

それから間もなく私達の間にはもっと悪い事が起りました。

ある日私は、三輪さんに連られて、Sさんと三人、上野の音楽会へ出かけました。そこで私は「青い鳥」へよく灰色の服を着てきた13の卓子《テーブル》の人に逢ったのです。三輪さんは見知り越しと見えて、親しそうに握手などしながら、Sと私をその男に紹介してくれました。私は知っていますとも言えず、初対面の挨拶をすると、その男も気を利かして始《はじ》めて逢ったような顔をしてくれました。「一度君の鴉の巣を拝見にゆきたいと思っているんですがね」

その男が言いました。

「ああどうぞ、是非来てくれたまえ」

三輪さんが答えました。

帰りに私達三人は、山の西洋軒で食事をしました。その時Sが

「さっきの男は清水とか言ったが、何をする男だね」

「シネマの清水清二郎さ」

「ああ、あの役者か。道理でシャンだと思ったよ。どうだい沢ちゃん！」

「何が？　シャンだってあたしの為《せい》じゃないことよ」

私はSさんの冗談に何げなく答えたが、「青い鳥」でいつか、襟もとの黒子を与《や》るって、あの男に約束したことを思出して、はっとした。

「沢ちゃんの為《せい》じゃなくっても、為《せい》でも好いだろう。ねえおい」

「何を言ってるの、あたしあんな男嫌いよ」

「君はあの男を知らなかったかしら『青い鳥』へよく来てたようだよ」

三輪さんは、私の顔を見ながら言いました。

「そうお、一度位見たことがあるかも知れないけど、よく覚えていないわ」

私はつい本当のことが言えなくって、そんな嘘《うそ》言を言ってしまいました。

29

音楽会の日から三日目の午後、13の卓《てーぶる》の男は、「鴉の巣」へやってきました。私が戸口へ出てゆくと、いやに更《あらたま》って「ぼく清水です、三輪君はお居《い》でですか」と言うのです。

三輪さんは、折悪《おりあし》くこの日はお友達と高尾の方へ写生に出かけて留守だったのです。

「今日はお居でになりません」

「え、お留守ですって」

「生憎《あいに》く……」

「いや、どうしまして、決して生憎でなくても好いでしょう。それではと、ちょっと休ませて頂きましょうか」

「でも……」「でも、ですって。昔の友達をそんなに情《つれ》なくするものではありませんよ」

三輪さんのお友達ではあるし、その上この人を抗《こば》むわけにもゆかないで、とうとう部屋へ通しました。清水はすぐに昔の友達附き合にものを言い出しました。

「この間音楽会で逢った時には全く驚いた。もうすっかり令夫人ですね」

「まあ」

「あの時の、こんな人なんか見たこともないって言う顔なんざあ、少し薄情《つれ》なかったな」

「あなただって知らん顔をしてお居ででしたもの」

「ほう、では僕がつまらない気なんか利かさないでもよかったんですね」

「いいえ」

「それとも、あの事を三輪君に打明けても好かったのでしょうか。いや心配には及びませんよ。二人だけの約束を他人に話すような馬鹿な真似はしません。僕が賢いようにあなたも十分賢いことを信じていますよ」

「あなたはあたしに厭《いや》がらせを言いにいらしったのですか」

「どうしまして、そんな風に聞えたら、どうか許して下さい」

30

「僕はもうあなたにお目にかかる資格さえなくなったとでも言うのですか」

「いいえ、あなたは昔の事を言出して、あたしを辱めようとしていらっしゃるのです」

「どうしてです？　僕はあなたの過去の事なぞなんにも知ってやしませんよ。ただね、いつか僕とした約束のことを言っているんです。よもや忘れたなんて言わないでしょうね」

「それはどういうことですの」

「約束を思い出しさえすれば、どうすれば好いか分るはずですがねえ」

　無論それは黒子の事を言っているのです。そんな事を言う時にさえ、清水はいつもの静かな調子を失わないで、悪魔的な微笑をさえ含んでいるのが、私にはちょっと快《こころ》よい感覚を与えるのでした。不純な愛だとか、恋の遊戯だとかいう考え方を超越した蠱惑《こわく》があるのでした。しかし私は何故かこれを反発する心持の方が強くなってきました。で、あたしは上から出るつもりで、そう言いました。

「その事でしたの？　ええ、あたしはいつか襟の黒子をあなたにおあげする約束をしましたのね。やっと思い出せましたわ」

「思い出して下すってありがとう。実は今日はその取引に上ったようなわけで」

「まあ、そりゃ生憎でしたねえ」

「と、仰言ると？」

「生憎、今日は主人が留守だものですから、お見せしても差上るわけには参りませんわ」

「はじめからのお約束です。まさか持って帰るとは申しませんよ」

「では主人が居ても好かったのですか」

「むろん三輪君がいたからと言って、あなたは僕にその黒子を見せることを拒《こば》むことは出来ませんよ」

「ではどうしようと仰言るのです」

「沢ちゃん、もうそんな言葉の遊びはやめようじゃないか」

　清水はそう言うと、いきなり椅子を進めて私の手を採りました。

31

清水の言葉を反発する私の心持は、実は私自身の心の裡《うち》の悪魔を押える心持だったのです。私は清水に手を握られると、それを振解《ふりと》く勇気さえもありませんでした。私は処女でなかった為めに、先にはＮの手を拒む事が出来たのでした。が、今は処女でないために、却《かえっ》て不思議な力に引かれて、清水の抱擁から身を振抜けることが出来なかったのです。

折角《せっかく》身を清く保ってきて、新しい生活を創めようとした健気《けなげ》な希望を捨《すて》るレールの分れ目のポイントに、今立っていることを私は感じました。

力を失って、柔かい絹の小袖のようになった私の身体は引かれるままに靡《なび》いて、私は清水の膝の上に抱かれていました。

「随分長い約束だったね」

清水はそう言って、襟の黒子の辺《あたり》に熱い唇をつけました。私はもううっとりしてしまって眼をつむって為《さ》れるままに身を任せていました。清水の強い腕は私の肩を支え、清水の唇が私の唇の上へおかれたのも、おぼろな甘美な夢の中で、私は感じていました。

どれほどの時間が経ったか知らぬ間に、清水は帰ってゆきました。後に取残された私はそうです、私は全く取残されたような気持で寝椅子《ソファー》に腰かけてぼんやりしていました。

しかし数分間前に、私の身に何が起ったかをはっきり知った時には、こうしてはいられないことを感じました。

このまま口を拭いてすまして三輪さんの許《とこ》にいることは何としても心が辛い。と言ってあった事を打明けて三輪さんの心を苦しめるのは、猶更《なおさら》わるい。

もともと私は街をわたる風のように流れてゆく女だったのです。堅気な生活を創めようとしたのは、私に似合わない考えで、ただ一時の感傷的な思いつきに過ぎなかったのです。

それにしても、こんな風にして三輪さんに別れてゆくのも、どうも気がすまない。

32

とつおいつしている所へ、三輪さんはお友達を一人連れて元気よく帰ってきました。

「どうしたんだ、顔色が悪いよ」

「なんでもないの、ただすこし頭痛がするものですから休んでいましたの」

そう言って私はすぐ立って、晩の仕度に下へ降りてゆきました。むろん清水が訪ねてきた事は言いませんでした。あとで、卓子《テーブル》の上の灰皿にヤカのキルク口の吸殻があったのを見て、私はひとりひやっとしたが、三輪さんは気がつかないでいました。

私はやはり三輪さんには何も知らせないでこのままそっとこの家を出てゆこうと決心したのです。夕餉がすんでお友達が帰ってゆくと、三輪さんは上機嫌で、今日描いてきた風景画を私に見せたり、この春の展覧会に出品する作の構図など話して聞かせました。

「それは沢ちゃんを主人公にするのだよ、きっと素晴らしいものになるぜ」

「まあ」

「婚約という題で、結婚の日を待っている美しい処女を描くつもりなんだ」

三輪さんの美しい空想は涯《はて》しなく続くのでした。私はどうしてこの家を出てゆこうかとその考えで一杯で、とんちんかんの返事ばかりしているのでした。

三輪さんが寝床へゆくのを待って、私は手紙を書きはじめました。


三輪さま。

私は駄目です。正しい清い生活を望むことさえ私に似つかないのを知りました。あなたの厚い友情に背いて折角わたしの思い立《たち》を捨てることは辛いことですけれど仕方がありません。どうか哀れな娘をお許し下さい。持って生れた運命を換える事のむずかしさをはじめて知りました。街の子はやはり街へまいりましょう。それではさようなら。あなたの立派なお作が完成することを蔭ながらお祈りいたします。

沢より

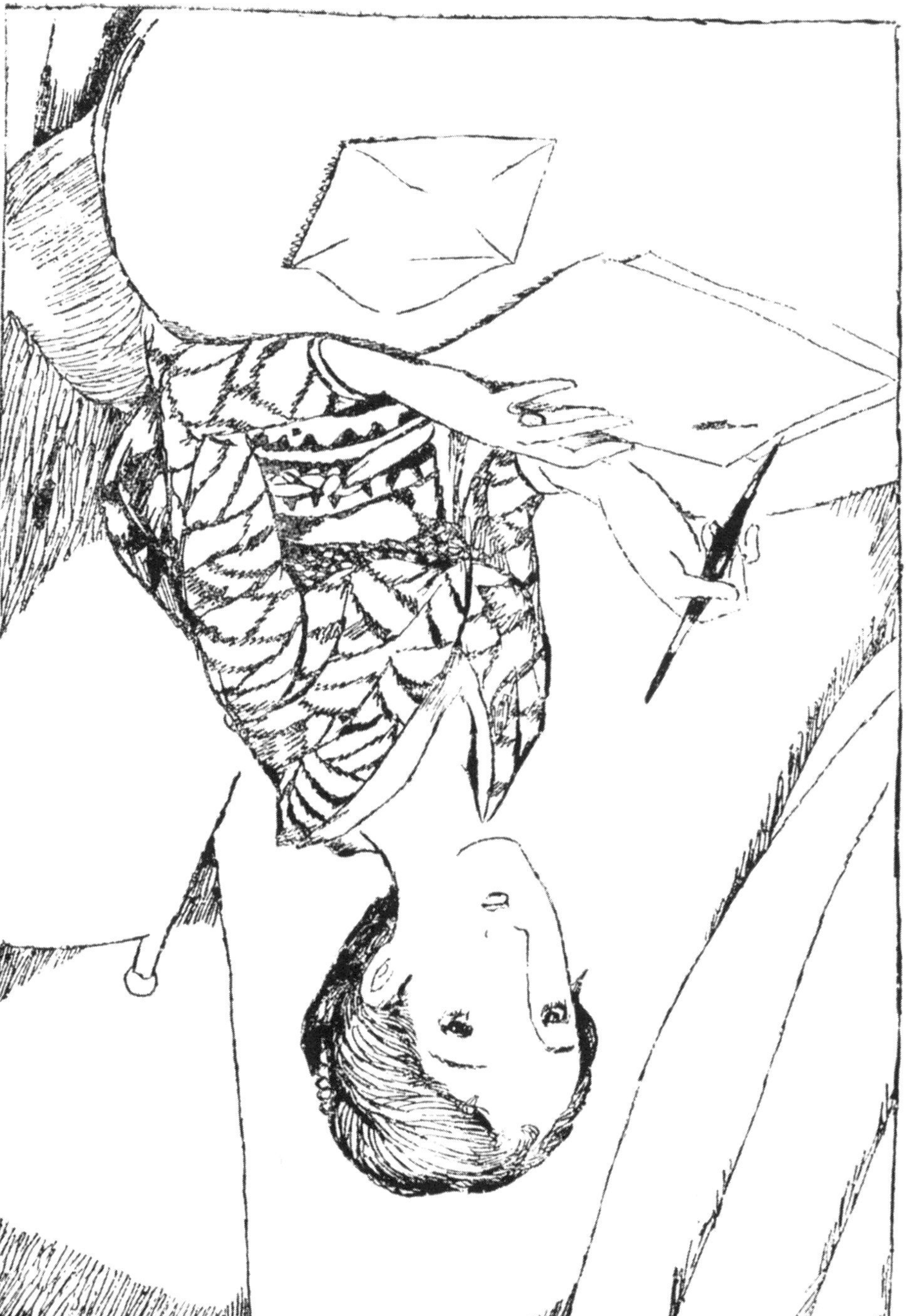

33

三輪さんは眸毛の長い眼を閉じて安心した顔をして眠っていました。私はそっと枕《クッション》のわきへ手紙をおいて、さよならを言いました。

いつか長崎料理から逃げてきた時のようにまたこの「鴉の巣」を夜中に出てゆきました。今では東京の地理にもよほど明るくなっていましたから、途中で車を拾って、私は久しぶりに天神下の義兄《あに》の家の戸を叩きました。母は何も聞かずに喜んで呉れました。

義兄の家で小さくなっている母のために、私も義兄に幾分気兼《きがね》はあったが、食費も入《いれ》てあるのだからという気で、以前のように、忠実な子守ではありませんでした。その代り、「青い鳥」時代に少しずつ貯えた金や衣類もだんだん減ってゆきました。

その年はとりわけ夏が暑かった為《せい》か、私は身体がだるくて元気がなくて、何をする気にもなれませんでした。私がこうしてぶらぶらしていても、母はじめ義兄もこの頃ではもう「どうするつもりだ」などと訊かなくなりました。

不忍《しのばず》の蓮の花がすがれて、軒に涼風がたつ頃でした。母の声に驚いて、私は午睡《ひるね》の夢から起されました。母は私の寝乱れた浴衣《ゆかた》の懐から、私の黒くなった乳房を見附けたのです。乳首の黒くなったのは懐胎したしるしだと、母に聞かされてはじめて私がしてきたことを感じたのです。母は泣いていましたが、やがて涙をおさめて

「私はお前ばかりを責めはしないが、ただ先の男がどんな人間だかそれが心配だ」そんな風なことを私に言うのです。

私はまだ何も知らない十六の小娘でした。ただ何か重い罪でも犯した人のように泣きました。

私は母と相談して、いつか新聞で見かけた妊婦預かり所という広告を思い出して、日暮里の花見寺の上のあやしげな病院を訊ねていってそこへ入ることにしたのです。

34

四十がらみの眼鏡をかけたそこの院長という女は、すぐに私達の秘密の希望を読みとり「万事私の方で責任を持って上げますが、こんな規定になっていますから一応御覧下さい。病室も今恰度一つ空いています」と言って、入院料その他の費用を書いた刷物を見せました。母はその金額を見て驚いたようですが、私は「王女の夢」を売るつもりでしたから、すぐに入院することに決めて、手続をしてしまいました。

病院は日暮里の高台の森の中で、私の室の窓から筑波山が遠く見えました。隣室はやはり私ほどの年頃の娘で、毎日のように隠居したような老人が、風月のカステラなど持ってやってきました。向《むこう》側《がわ》の女学生の所へは、どこかの番頭らしい小意気な男が鳥打帽《ハンチング》を眉深にかぶって、時々訊ねて来る様子でした。

そんな風で、この病院の患者というのは、正しい結婚によって母親になる人よりも、まず大部分は母親になりたくない女の隠れ場所でした。

私が入院中に見たり聞いたりした女の中には、私などよりももっと不幸な人が随分ありました。ある女は、病院へ入れられたきりで胎児の父親であるべきその大学生とやらに捨られて、まだお産の済まないうちに、入院料が滞ったという理由で病院から追い出された。女中奉公をしていた程だから、東京に身を寄せる所もなしその身体で働きも出来ず、北の方の田舎の親の許へ帰るのだと言っていましたが、病院の門を出てゆくその女の後姿を、諸方の窓から見送ってみんなで哀れがりました。

まあそんな話はきりがありませんから、私は私の話の先を話しましょう。

入院してから二週間ほど経ったある日のことでした。朝早く私に面会人がありました。男の方だというから義兄《あに》でも来たのだろうと思って、私は看護婦にここへ通すように言いました。

35

面会人というのは意外にも酒田の酒屋の息子でした。ここへ入院したことは母の外には秘密にしておいたのですが、母は後々の事を考えて義兄《あに》にだけは話してあったのです。が、まさか酒屋の息子が訪ねて来ようとは思いもかけないことでした。この春に田舎から出てきてどこかの大学へ入ったといって、天神下へ訪ねてくれたり、時々手紙を貰ったが、あんな生活をしている時で返事を認《したた》める気持にもなれず、つい逢う機会もなかったのでした。

「天神下の小母《おば》さんに聞いて驚きましたよ。恰度昨日暑中休暇を終えて田舎から帰ったものですから」

「まあそうですの」私は田舎の方の事を聞きたい気持がありながら聞くのが何かいやだった。それよりも、この人に今の身の有様を見せるのは何よりも気がひけたのであった。

「病気はどんな風です」平野（酒屋の息子）はこの病院がどんな患者を収容するのかも知らないらしいのです。そう率直に訊かれて私は顔が赤らむのを感じました。

「心配な病気ではないのですわ」そう言ったが、平野は本当に心配していろいろ訊くので私は私の病気をいつまでも隠すことの困難なのを知りました。

「あたしね、赤ちゃんが出来るのよ」冗談のように私がそういうと、平野はびっくりしました。しかし平野はそれ以上はさすがに何も訊ねませんでした。

それから後も平野は殆《ほとん》ど毎日のように、学校の制服のままで訪ねてくれました。

「失礼だけれど、不自由なものがあったらいつでも僕に言ってくれるように」といつも帰る時に、遠慮しながら、平野は言うのでした。

この頃では、病院の払いは気の好い母の手を通して平野の懐から出ていることを私は知っていました。「王女の夢」を売ってしまってから、私はもうすっかりお金がなくなったのですから、心苦しく思いながらも知らない顔をしていました。

36

平野からお金を借りて心苦しいと私は言いましたが、それは私が子供の時から平野を好いていたように、平野は今も私を愛しているからです。娘のままの私なら、こうした平野のあらゆる好意を喜んで受入《うけい》れることが出来るのですが、こんな身体をして、昔のままの平野の愛を受けることが出来ない私をよく知っていましたから。それに平野は、お金で愛情を買うようなさもしい心を微塵《みじん》も持っていないだけに、私の立場はますます困難になってきました。

義兄《あに》は、はじめ私のことを母から聞いて、その男と決っているのなら役者であろうと何であろうと黙ってはおけない、一応掛合って見ると言って憤慨したそうですが、私は以前が以前だし自分の身のひけめを感じて何も言い出さないことにしたのです。こちらのひけめを先方の逃口上《にげこうじょう》にされるのが口惜《くや》しいとも考えたのでした。どんなに金に困ってもこの意地だけは通したい、私には変な性癖があったのです。

平野の場合はそんな意地や張りからでなくたとえこんな境遇にいても、いつまでも奇麗な心でこの初恋を守ってゆきたいと思ったのです。

秘密の手術もうまくゆかなかったものか、経過が悪く、やがて二月になるのに退院出来なかった。何もかにも自分がしたことで、誰を恨みる筋もなかったけれど、思えば何という不幸な女であろう。三方鼠色の壁に囲まれた病室の薄寒い床の中で、私は考えるのであった。あの男、この男、誰も彼も汚らわしい。鼠色の壁の上の汚点《しみ》が、ある夜、ある時の男の動物に似た顔になって、見えたり、消えたりした。その中《うち》でたった一人、三輪さんの顔ばかりは、たのもしく思い出された。置手紙を見てきっと驚いたであろう。打明けて話さなかったことを、きっと怒っていらっしゃるだろう。

いやいや、あの人の製作の話をする夢見がちな熱のある眼が、私の方を見て笑っている。

37

　ある日平野と入違いに母がきていうには「お前に相談があるんだがね」と更まった前置をして

「平野の恵さんがお前を欲しいというのだがねえ。昔ならともかく、今ではこうして尾羽打枯《おはうちか》らして、とても釣合《つりあ》わないからと私は言ったのだがね、それに恵さんはよくても親達がとても承知はなさるまい、いや、僕はきっと親父を承知させますからってね。もう随分前からの話なんだが、あんまり話がよすぎてお前にも言わなかったんだよ」

　私は黙っていた。

「お前はどうお思いだえ」

「…………」

「こう言っては失礼だけれどってね。お前のこれまでのことは承知の上だし、何って言ったっけ、そうそう僕は沢ちゃんを幸福《しあわせ》にすることが出来るってね。沢ちゃんの心持をきいてみてくれっていうのだよ」

「…………」

「あの子は次男の事だから学校は出ても田舎へは帰らないで東京で暮したいと言っているんだよ。私にも楽をさしてやるって、なかなかお前やさしい子だよ」

「おっ母さんはそれで幸福だと思って？」

「そりゃ男は添って見ろ、馬は乗って見ろ、と諺《ことわざ》にもあるから、先のことはわからないが、あの子なら過ぎものだよ。お前ももう早く身のきまりをつけないと、お前ばかりは、私のような日蔭者にはしたくないと思っていたのに、そりゃみんな私がいたらなかったために、ほんとにお前にも済まないと思っていますよ。この話が纏《まと》まれば、亡くなった父様にも申訳《もうしわけ》がたつしどんなにかお喜びだろうと思ってね。だけど何よりもお前の心持が第一だから。私はお前の気の進まないものを勧める気はちっともないのですよ。恵ちゃんがああ言いなさるものだから、お前の心持を訊いてみるのですよ。どうだろうねえ」

38

母は何よりも平野が金持の息子だということが気に入っているのです。母だって若い時にはそうは思わなかったであろうが、好い夢は忘れてしまって今では貧乏の苦労だけを思出して、金さえあれば幸福《しあわせ》になれるものだと思っているのです。所詮、自分の身を可愛がることを忘れない母親を、私は可哀そうに思いました。

私は、考えてみるからと言って、その日は母を帰しました。その翌日、平野がきてとうとうきり出しました。「小母さんからお聞きになったと思いますが、僕はまじめに考えたんです」

「そりゃ恵さんがまじめに考えて下さることは嬉しいんですけれど……」

「時がもう過ぎたというのでしょう」

「ええ。それにあたしはもう駄目よ」

「それはどういうことです」

「だって、こういう身体で今更田舎の方の人にだって顔出しは出来ませんわ」

「それです、沢ちゃんのそういう偏見《ひがみ》――そういうと失礼だが、そういう謙譲な心持から僕達の愛は出発したいと思っているんです」

「あたしはそれがむつかしい所だとおもうの、きっとあなたはあたしの過去のことを思い出して、あたしをお厭《いや》になる時が来るわ」

「それは僕も考えたつもりなんだ。今日まで沢ちゃんのことはうすうす聞いて知っていたが、小学校へ通っている頃から、ずっと僕の考えは変らないで来たんだもの」

「あたしだって、そうだわ」そう口に出して言うと、心持もいつか子供の頃酒倉の蔭でしたままごとの恋人になって、ついさそわれて涙が出てきた。「ままごとの夫婦になった者が添いとげたためしはない」と昔から聞いているが、どうして運命はこう思わぬ方へ思わぬ方へと人をつれてゆくのだろう。それにしてもこの人は話をしていると、まだ昔のままのお坊ちゃんで、夢のようなことを実際にやってゆこうとしているのだと、私には思われた。

39

「恵さんはほんとに昔のまんまね」

「昔のままの子供だと言うんでしょう。ところが案外僕だって沢ちゃんを幸福《しあわせ》にすることぐらい出来ますよ。沢ちゃんさえ僕を愛してくれるなら」

「あら、そんなつもりであたし言ったのじゃあないわ。でもあたしは、結婚して一家の主婦になれる女じゃないのよ。あなたが知っていらっしゃる以上に、そりゃあたしは馬鹿な女なのよ」

「そんなら僕学校へ出してあげても好いよ」

「それが駄目なのよ。一度その勉強をやってみたんだけれど。つまりあたしには地道な世間の女達のゆく道は性に合わないのね。あたしは何もかにもしてきたのよ。恵さんのような方にはほんとに勿体ないわ」

「どうしたら僕の気持が理解して貰えるだろう。僕はこのうえ何をすれば好いのです」

「ええ、そりゃもうあなたにはいろいろ御世話をかけましたわ」

「沢ちゃん、僕はそんな心持で言っているのじゃないよ。だって……」

「ええ、そりゃ解っていますわ。でもあなたが親切な心持で心配して下されば下さるほどあたしは心苦しいのですわ。思惑があってする親切ならその日に忘れても構わないものだと思ってますけれど」

平野は頭を垂れて黙ってしまいました。ほかの事ならなんだけれど結婚だけはしない方があなたのためですのよ」

「完全な愛は結婚することだと、あなたは仰言るけれど、それは女によりけりで、あたしのように自分に愛想をつかしている女に何が出来るでしょう。自分で好き好んで、踏まれて蹴られて、それでも起きあがる意地のない女なんです。『泥のついた裾は払えば落ちる』というけれど、泥の染みた身体は石で打たれても元のようにはなりませんわ。今更明るい表通りを歩こうとは思いませんわ。世間並の幸福なんぞ夢にも考えてやしませんわ」

気がついて見ると、平野は手布《ハンケチ》を眼にあてて、子供のように泣いていました。

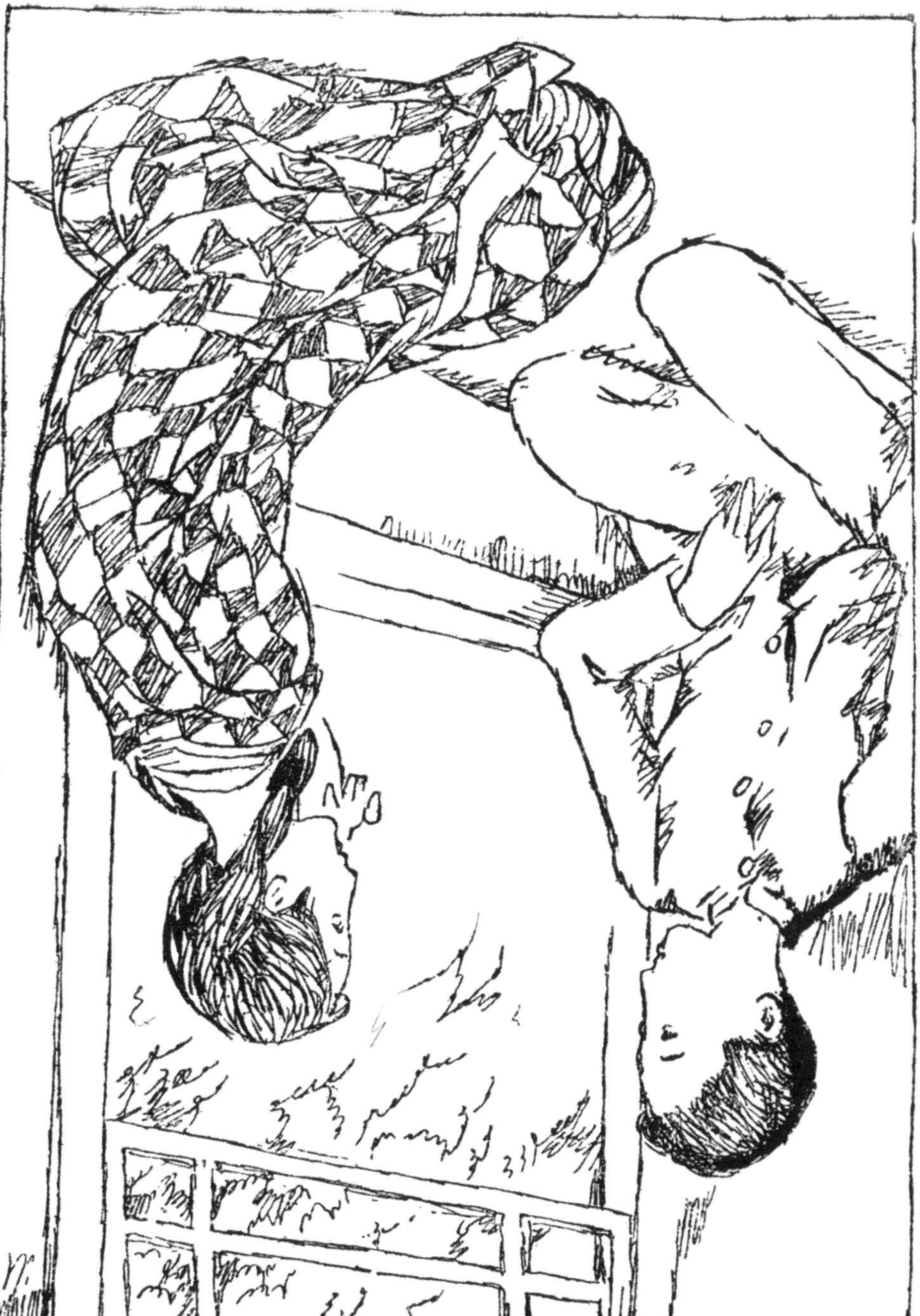

40

「あたしはまだ結婚したことはないけれど、そんなに好いものだとは思わないわ。あたしそう思うの、結婚は恋をするのに草臥《くたび》れた人か世の中が寂しくなった人がするものだわ。あたし達はまだ若いんですもの、もっと夢を見ても好いのじゃないでしょうか」

「僕はそんな、恋の遊戯なんかしたいとは思わない」

「あたしはまた恋を儀式や家庭行事にしようとは思わないわ。怒らないで頂戴ね。だってあたしはこんな風に物事を考えるようになってしまったんですもの」

「うそだ。沢ちゃんはそういう威勢の好い事を言って、自分で自分を誤魔化《ごまか》しているんだ。でなかったら捨鉢にそう言うんだ。僕には解っている」

「それにしたって結局同じ事だね」

「今日はもうその話は止《よ》そう。それで沢ちゃんはいつ退院出来るの」

「もう今週中もいたら好いらしいの」

「ではまた来ますから大事にしていらっしゃい」そう言って、平野は帰ってゆきました。

私は自分の意見のように聞覚《ききおぼ》えの恋愛観を出鱈目《でたらめ》に饒舌《しゃべ》ったけれど、何か物足りないたよりない寂しいものが心の隅に残っていた。やはり平野の言ったように、私は捨鉢になっているのだろう。それにしてもこれから私はどうして暮してゆこう。平野と結婚しないとすれば、つまり平野の愛を受入れないとすれば、どのみち借りたお金は返さねばならぬ。五百円という金は、私にはなかなか工面のつく額ではなかった。

そこへこの頃隣室へ入院した銀杏返《いちょうがえ》しに結った意気な女が、突然入ってきた。

「お邪魔じゃあなくって、あたし退屈だからお話しに来たのよ」

あけすけに自分の身の上話を不幸も惚話《のろけ》も一所くたに話す女でした。私はそれとなく何かお金になる仕事はないものか訊いて見ました。

41

「あなた芸者になっちゃどう？　あなたの器量なら、芸なんか入らないわよ。どうせこの頃のお客なら、枯薄《かれすすき》か何か弾いてやれば喜んでいるわ」

「そうでしょうか。でもそれじゃ自然身体を売るようなことになりゃしないこと？」

「そりゃそうね。じゃあ好いことがあるわ、あんたダンスか何か踊れるでしょう。浅草に好い所があるのよ。やっぱりお座敷へ出るんだけれど、芸者より気儘《きまま》が出来るわ」

「なってお座敷へ呼ばれたら何をすれば好いの？」

「カドリールかポルカなんか踊れば好いの。ギタだのヴィオリンだの弾く男の人もお座敷へ呼ばれてゆくわ」

「あたしも少し、音楽なら勉強したことがあるのよ」

「それじゃなお更結構だわ。どうせお客は音楽をきくんじゃなくて、踊る人の腰だの脚だのばかり見《み》惚《と》れているんだわ」

「あなたやったことがあるんでしょう」

「まあそうなの」

　この女は、今はある男の世話になっているのだが、もとは浅草のそのカマリンスカヤ団とかいう歌劇団にいたのだということだった。歌劇団と言ってもきまった舞台へ立つのではなくて、道をはぐれた女優だの、音楽家志望の田舎娘だのを集めた、風変りな芸者屋のようなものらしかった。

「鴉の巣」へ逃げていった時、私のする仕事をみんなが考えてくれた折、Sさんが女優が一番好いと言ったことを思い出した。皆が私の教育をはじめてからも、私はやっぱり音楽を一番好きだった。今も、この女から歌劇団の話をきいて、やって見たい気になってきた。

「やって見る気があるなら話してあげてよ。芸者なんかよりずっと自由で好いわ。第一衣装が助かるわ。ジプシーの服が一着あれば間に合うんですもの」

「じゃ考えて見て、お願いするわね」

42

おかしなものね。子供の時からあんなに好きで、東京へきてからも、何かのふしにはよく思い出して懐しがった平野が、結婚してくれというような好い話を持ちかけてくると、何だか気が進まなくって、奇麗に断ってしまって病院を出ると、私はすぐ浅草の歌劇団へ入ってしまった。

お金の為にとよく言うことだけれど、それは世間への申訳か、自分の良心へ言い聞かせる口実で、私もその実は、そんなものになって見たかったのです。

「踊り子を一人ギタ弾《ひき》を一人あって？　こちらは山楽、大急ぎよ」

夕方になるとそんな風に電話が掛ってきた。私達は、眼に青い隈《くま》をとったり、紅をまん丸く頬ぺたへつけて出かけてゆくのです。

出先は大抵待合でたまには料理屋とかカフェの別室などもありました。お客は千種万様でただ面白がって賑やかに騒げば気に入るのでした。たまにはワルツのむつかしいものを注文して、自分でも踊る客もありましたが、踊の上手下手は殆どどうでもないので、ただ珍らしい肉感的《エロテック》な刺撃《しげき》が強ければ強いほど喜ばれるという訳でした。

団長というのは、もと浅草のオペラ座とかにいたという男で、ちょっとした踊ぐらい教える技倆《ぎりょう》を持っていました。田舎廻《まわ》りの歌劇団を組織して歩いたり、東京の場末の小屋で興行したこともあったそうだが、その道でさんざん苦労した揚句に、世間の物好きに当《あて》こんでこんな商買《しょうばい》を思いついたらしいのです。

ピアノも一台あるし、女優も十四五人抱えて、まあ商買としてうまくいっているらしいのでした。

ある時、団長は私を自分の部屋へ呼んで、「こんど草山旅人の一座で女優が一人ほしいと言ってきたんだが、君に出て貰おうと思うのだがね」というのです。

43

私はむろん芝居なんか演《や》れそうな自信はなかったし、声楽を習った時にも北国訛《ほくこくなまり》の抜け切れないことを度々先生に注意せられていたから、今度は地廻りの客を相手のお座敷芸とは違って檜舞台《ひのきぶたい》を踏む訳だから、内心不安ではあったけれど、案外上手に演れそうな気もして、沢山の人に認められるという晴《はれ》がましい希望で胸がおどっていました。

それでその晩、草山氏が私を見に来ることになっていた。私は団長に伴われて田甫《たんぼ》の大金へ会いに行った。

「先刻からお待ちになっています、どうぞこちらへ」と案内する女中について奥の座敷へ入って襖《ふすま》を開けると、二人の男が同時にこちらを振向きました。すると一人は、どうでしょう、それが清水なんです。考えて見れば清水がその劇団に加わっていることは不思議でもないのですが、その時は吃驚《びっくり》しました。

「やっぱり廻合《めぐりあ》った」そう言う気がしました。

「おや！　その後はしばらく」清水も驚いてそう言いました。

「君はもう清水君と知己《ちかづき》なのか」団長は咎《とが》めるように言いました。「それじゃ話は早いや、草山君、これがその何です、どうかよろしく」

「僕草山です、さあこちらへいらっしゃい。あなたは清水を御存じでしたか」

私が固くなって黙っているので、

「なあにね。音楽会で一二度お見かけしたんだがお名前は知らなかったんですよ」と清水が引取って、私の方へ向いて「芸名はかねて承わっていましたよ」と皮肉に言いました。私も応戦するつもりで「どうか御贔屓《ごひいき》に」と言ってやりました。

浅草へ来てからまだいくらも日は経たないのですが、清水に別れたあの頃の自分とはすっかり変っているのでした。「清水さん今度は私が美しい夢を見る番が来ましたよ」そう言ってやりたい気がしました。

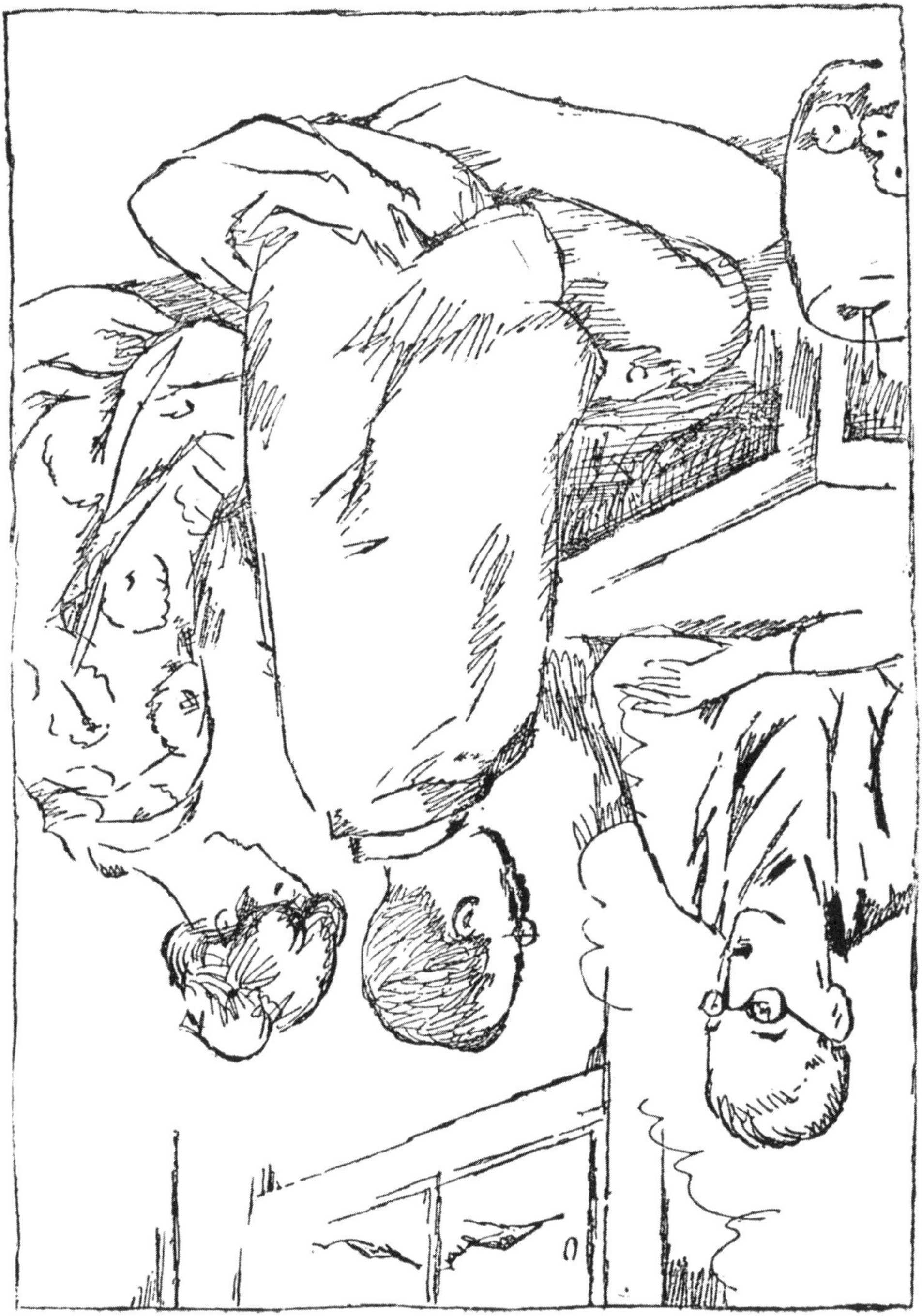

44

兎も角私は芝居へ出る事になりました。草山氏は私を試験するつもりで、本は何を読むかとか、どんな芝居を好きかとか訊きましたが、何よりも私のあどけない娘々した様子が気に入った事を、私はちゃんと見てとりました。で出物《だしもの》は『恋愛三昧』で私にはクリスチイネの役が振られた。

私達は翌日から稽古に掛った。私の恋仇《こいがたき》になるフリッツの役は河村という美しい青年でした。フリッツの友人テオドルを清水が演《や》ることになりました。

いざ稽古に掛って見ると、芝居というものは私が今迄《いままで》考えていたようなやさしいものではありませんでした。私はまた一生懸命に、まるで殉教者のような心持で稽古を励みました。だから毎日顔を合せていながら清水との前の関係を思い出すような折さえもありませんでした。時折私達の劇団の保護者《パトロン》である遠山氏に連られて夕食をしにゆくことなどありました。そんな時に清水はよく

「これから二人で向島へでも行こうじゃないか」なぞと冗談とも真面目ともつかずに言うことがありましたが「ええ、結構ですわね」と言ってはじらかすほど、私はもう清水に興味がありませんでした。清水の方も女蕩《おんなたら》しのような所があるくせに執着の薄い淡々とした性質でした。それに若い情熱を浪費し過ぎた、疲れた所が清水には見えました。

「フリッツが気に入ったんだね」

「まさか、ねえ。あなたも芝居と実録とを一所にするほど素人《しろうと》でもないでしょ。それで妬いていらっしゃるの？」

「もしそうなら……」

「もしそうだったら、あなたも競争なさる勇気がおありですの。うそばっかり」

「は、は、は、そう見透《みとう》されちゃ形なしだ」

「それ御覧なさい」

45

清水が冗談に言った河村は、舞台の上でこそ私の恋人で美しい青年でしたが、接吻をされても膝の上に抱上《だきあげ》られても、芝居をしている時の感じは全く別なもので、野卑な観客が考えるような危険はちっともありませんでした。しかし舞台の外で河村が私に寄せている好意は私にも気づいていましたが、私は感じない風をしていました。

それは男から何とか思われることは悪い気持ではないのですが、あんまり身近く生活している者の間では、どうも関係が複雑になってゆくのが面倒なので、私はもう念の入った恋などしないよう気をつけていました。

ところが私達の保護者の遠山氏の息子の、頗《すこぶ》る念の入った申出には、私もちょっと辟易《へきえき》しました。去年どこかの大学の文科を出て、演劇を研究しているのだと言っていましたが、私達の楽屋へも毎日のように遊びに来ていました。色の白い唇の赤い、見たところ非常に病的な青年でした。毎晩舞台に近い椅子に坐って熱心に、ある時私は舞台の上からちらと見て肉体を透かして心臓のまん中まで見透かされたような感じを受けたほど、まるで燃えるような眼で舞台の方を、いや私を瞶《みつ》めているのでした。

言うのを忘れていましたが、私達はいよいよその月のはじめから芝居を開けたのです。私達の意気込は非常なもので、私は本当に舞台の上で幾度涙を出したか知りません。御存じの通り『恋愛三昧』は甘い芝居ですが、それに私の役のクリスチイネは日本で言えばお七と言ったような優しい生一本《きいっぽん》な下町娘で、私のこの頃の気持には少し遠いものでしたが、何というか芸術に奉仕するとでも言う私の覚悟は、おそろしいもので、大変な成功でした。

春の森のように花束や花輪を積みあげた楽屋に坐って遠く観客席の興奮したどよめきをきいて、私はうっとりとしていました。

46

　ある夜、私は楽屋で衣裳を脱いで着物に着換えた所へ電話が掛ってきました。保護者《パトロン》遠山氏の宅からで、すぐ私に来るようにということだった。楽屋の出口には、花束を持った青年や、自動車をよこして夕食を共にしたいという紳士が、まっ黒に群がり立っていました。私はわざとマントの襟で顔をかくして楽屋口を出て、途中でタクシイを拾って、赤坂の遠山へ参りました。待っていたように取次の女中が、私を応接室へ案内してくれました。

　ストーブの前には熊皮が布《し》かれ、ふかふかとした肱掛椅子《ひじかけいす》は来客を待っていました。紅茶を運んできた女中は「しばらくお待ち下さい」と言って、私の姿をいやにじろじろ見廻して出ていった。

　ストーブの静かに燃える音におそわれて、私は毎日の疲れにうとうとと、クッションに顔を埋《うめ》て眠っていたのです。

　肩に置かれた手の重みに気づいて、はっと眼をさますと、私の前には、遠山氏でなくて若い遠山氏が立っていました。

「沢子さん、よくきてくれました。あなたは親父がここへお呼びしたんだと思っていらっしったんでしょう」

「ええ」

「所が僕があなたをお呼びしたんです。親父は浜へいって今晩は帰って来ません」

「まあ、そうざんすか。あたしはまた芝居のことでお叱りでも受けるのじゃないかと思って上りましたの」

「どうしまして、親父もあなたの芝居は非常に賞めていますよ」

「まあ。とても駄目ですのよ」

「僕は親父以上にあなたの崇拝者ですよ」

「とんでもない。それで、あなたの御用というのはなんでございますの」

47

「僕と親父とを一所にしちゃ困ります。僕はあなたに要件なんかありませんよ」

「では……」

「ちょっと待って、その先《さ》きはどうか言わないで下さい。若い男と女とが冬の夜のストーブの前で話す話は、必ずしもその要件でなくても好いでしょう。ねえ沢子さん、幸い今日は親父も誰も家にいないんです。ゆっくりしていらっしゃい。好いでしょう？」

「ええ」

「幸いに、と僕が言ったのがお気に障《さわ》ったようですね」

「あら、どうしてそんな風にお考えになりますの。あたくしまだあなたとそんなお知己《ちかづき》じゃあないでは厶《ござ》いませんか。そんな風に仰言るとほんとにあたくし困ってしまいますわ」

「いやどうか今晩はそんなに逃口上を言うのは止して下さい。僕が今夜、わざわざこういう機会に、あなたをお呼びしたのは何故だかあなたは御存じなんです。それだのにあなたは知らん顔をしようとしているんです。或は僕のそういう行為を非難しようとさえしているんです。だがそれは僕にはどちらでも好い事です。あなたは僕に答えて呉れなくてはいけない。それだけです」

「それはどういう意味ですの。あたくしにはわかりませんわ」

「僕が今日まで毎日のように差上げた手紙は見てくれたのでしょうね」

「それは拝見しましたわ。でもどんな風に御返事すれば好いかあんまりむつかしいのですもの」

「僕はね、美しい詩の文句や、甘ったるい恋の作文を待っていたんじゃないんです。僕はあなたの唇が欲しいのです。肌が欲しいのです」

48

「ほッほッほッまあ、あなたは、ドアに鍵を掛けていらしたのね」

「何故？」

「あなたがそう言っておどしたら、わたくし逃げかくれでもするかとお思いになったのでしょ。あなたも案外弱虫ね」

「…………？」

「いいえ、今はいけませんわ」

「…………？」

「それはなあに？　おやピストルだわね。あなたも女に言い寄る一通りの道具をお持ちになった訳ね。でもそれじゃまだ、あたしには足りないものがあるわ」

私はただその場逃れの口実を見つけるつもりで、そんな事を出鱈目に饒舌《しゃべ》ったのです。強そうな思わせぶりな言い方をしているうち、どうしたのだか、私はその青年がふっといじらしくなって来たんです。

ポケットの中でピストルを握りしめて、じっと私を瞶《みつ》めた青年の手をいきなり取って、私は何と言ったか自分にもおそらく解らないことを言いながら、私はこの青年に何もかも許してしまいました。私が言ったことは本当です。それは私がこの青年を愛していたからでもなく、強迫《きょうはく》されたからでもありません。一切の理屈を越えてその瞬間に私はこの青年を愛したのです。その時私は私の運命の別れ路《みち》に立っていることを感じました。どうとも仕方のない不幸の谷へするすると滑り落ていったのです。不幸も悲運もあとで解ったことで、その時、誰がどうすることが出来たでしょう。

「この男と苦労するのだわ」そんな予感があったのです。

この青年の悪魔的の愛が、やはり何と言っても、私の気持に合ったのです。私達は狂気のように愛し合いました。

49

『恋愛三昧』の興行が終る頃には、私はもう浅草の方とは縁をきって、ある家の部屋を借りてそこへ住んでいました。

遠山との関係は恰度その頃から始まったのです。私達の間柄は愛だとか恋だとか呼ぶには、あんまり烈《はげ》しい争闘でした。自分の持っている美しいものを出し合って、お互《たがい》を幸福にするようなものではなく、肉体も霊も幸福も、持っているものはあまさず、奪い合い盗み合った。それでもまだ自分を充たすことが出来ないで、嫉妬したり憎んだりし合《あい》ました。

次の公演がまだ決らないで、ずっと身体があいていたものですから、遠山は毎日のように私の許《とこ》へきていました。まだ学校を出て間のない遠山のことですから、夜外へ寝泊りすることなど一度もなかったのが、ある夜終電車に乗《のり》おくれたと言って、私の許《とこ》へ帰ってきました。

「親父は平気だが、お母様にすこし気まりが悪いなあ」

私の傍へ横になっても遠山はまだそんな事を言っていました。

「可愛いことを言うわね。このひとは」

私がそう言うと、まじめになって

「だって、叱られるのは驚かないが、泣かれるのは苦手だからなあ」

「そうお、じゃあたしが泣けば、もっと可愛がって呉れて？」

「馬鹿、これ以上どうして可愛がれるんだ、死んで了うよ」

「そう言えばあたしあなたと泣いたこと一度もないわね。だって小説なんかに出てくる男や女はよく泣くじゃあないの」

「女は自分に甘え、男は運命に甘えて、涙が出るのだよ。お前がクリスチイネになれないように、俺もフリッツにはなれないよ」

50

あたくし随分長々とまとまりのない身の上話をしましたわね。お倦きにならなかったこと？　大変面白いって？　じゃあまあもう少し訊いて下さいね。カルメンの舞台に立つ所まで話せば、もうあたくしの話も「おわり」なんですけれど、遠山との関係をも少しお話しないと、あたくしが今この身上《みのうえ》話《ばなし》を、昨日はじめてお眼にかかったあなたに打明けるほど、困難な立場にいることが解って頂けまいと思いますの。

先刻《さつき》もお話したように、私達の愛は、愛ではなくて憎みのようなものでした。私達は肉体も心もお互の隅から隅までみんな自分のものにして終わないと満足出来ないのでした。もし少しでも自分に属しないものがあったらとても我慢出来ないのです。自分の為めになら、よし相手が死んでさえ、憐れみの心などつゆほども持たなかったでしょう。だから肉体的の苦痛さえも、快感と一所に私達には必要だったのです。

大酒家《たいしゆか》が酔うためにはどんな酒をも選ばないように、私達は毎日毎夜、壺の底に一滴も残らないように飲み合いました。肉体が労《つか》れて病的になった頭は、強い刺撃が欲しくなりました。遠山はそこで新しい歓楽を見出したように見えました。それはあたくしを嫉妬することでした。あの男はお前をどんな風に愛したかとか、最初の男は忘れないと言うが、どんな風に思い出せるとか、そんなことを訊き出すことからはじめました。一つ答えるとまだあるだろうとか、もっとどんな風だとか、そんなことを聞かされることは不愉快なくせに、その苦痛を娯《たのし》んでいるようにも見えるのでした。

ある時、私の部屋へ入ってきて机の前で何か読んでいるようでした。私はまだ床の中にいたのですが、いきなり怒鳴りました。

「おい、これは何だ」

51

枕から顔をあげて見ると、遠山は吸取紙《すいとりがみ》を取上げて、私に突きつけました。それは天神下の義兄《あに》へ出した手紙の上書のインキが、紙に左字で移っていたのです。

「その事を言っていらっしゃるの。あたしの義兄ですわ」

「おい、俺はそれを初めて聞くよ」

「そうですか、あたしだって一人の兄ですもの、手紙ぐらい書いてやるわよ」

「余計なことを言うな！」

そう言ったかと思うと、いきなり遠山の平手が私の頬へ音がして飛びました。

私は今日まで、生みの親にさえ頭へ手をあげられた事はなかった。生れてはじめてのこの打擲は、肉体の痛みのためではなく、私の心に何か強い刺撃を与えました。

それは私の愛人としての誇りを傷つけられた口惜しさのかわりに、私の心には、まるで今までに知らなかった喜びに似たやさしい感情さえ湧いて来るのでした。

私が今日までに経験した様々の男との関係や、金の為めにした恥しい情事の数々は、まだ肉体も心持も全く男のものにも自分のものにもなりきっていない、言わばロマンチックな恋心地で、別れの悲《かなし》さに流した涙さえ、おそらく甘いレモン水のようなものだったでしょう。喜びも悲みも、肉体を透かして心の奥底まで揺動《ゆりうご》かすものではなかった。

愛着と憎悪と、悦楽と嫉妬とを織交《おりま》ぜた、強い男の腕の中で、髪もおどろに私は新しく経験した感覚に有頂天でいました。夜も昼もない、まるで磨硝子《すりがらす》の温室の中で病気して寝ているような日が、三日も五日も一週間も続きました。

そんな風ですから遠山の家では心配して、捜索願いを出すような騒ぎで、とうとう私達の巣が見つかってしまいました。第一金に困っていた時ではあり、言われるままに、私達はその巣を別れ別れに出てゆきました。

52

　しかし間もなく、遠山は母親を困らせて何がしかのお金を持って私の許へ来ました。それで私達は人目の遠い郊外に小さな家を一軒借りて住むことにしました。

　二人で家を持つなんていう家庭的な興味は私達には全くなかったのですが、つまり背水の陣を張った訳でした。それでもはじめて家を持っていざ世帯を持ってゆくとなると、どんな簡易生活にも何かしら道具や調度が要るものです。遠山と二人で夜になると、バケツだとか、珈琲《コーヒー》茶碗だとか買いに出かけるのでした。

「そりゃ奥様、この方が宜《よろ》しゅう厶《ござ》いますよ。夫婦《めおと》箸入と申しましてな」

　荒物屋の小僧にそんなことを言われるのも、そこは女ですね、さすがに嫌な気もしませんでした。

　その年も押しつまった暮の二十幾日のことで、神楽坂の通りは街並に景気の好い飾り電気をつけて、大売出しのバルコニイの上では楽隊が海軍マーチかなんかをやっているのでした。私達はいつの間にか外套の蔭でしっかり手を握り合って、そのマーチに歩調を合せて歩いていました。

「馬鹿だねえ、お前は」

　遠山は街中で大きな声でそう言って笑い出しました。

　その拍子に、手に持ったバケツの中の金杓子《かねびしやく》がカチンと鳴りました。その音を思い出すと何か味気ない気が、今でもするのですが、それは私の育ちのせいかも知れません。

　でも、女というものは変な所にさもしい慾があるものですね。私は浅草にいる時に、馬道の染物屋へ銘仙の平常着《ふだんぎ》を洗張《あらいは》りにやってあるのを思出しました。ある夜、北国風にお高祖頭巾で顔を包んで、それを取りに行ったのです。浅草の例の家へも顔出し出来ない破目になっていたものですから、途中で知った人に逢わないように念じながら、用心深く私は出かけました。

53

　馬道から河岸を駒形へ出れば事はなかったのですが、染物屋を出ると、久しぶりに仲店を通って見たくなったので、観音様にかこつけて、仁王門を出ると大橋の前のところでぱったり例の団長に見つかったのです。

「おそろしく古風な女が通ると思って、ひょいと覗くと君じゃないか」

　とうとう私は弁天山の須賀野へ連れこまれて、厭味を言われるのだと思いの外、団長は頗る上機嫌で

「済んだ事は水に流して、実はね、草山が来春早々カルメンを出すというのだが、君が遠山の息子と行衛不明《ゆくえふめい》になったというので、俺のところへ心当りを訊いて来たんだ。是非君にカルメンを振りたいと言っているんだ。そうすりゃ失礼だが何もお尋ね人のような風体をして歩くにも及ばないやね」と言う話なんです。

「あたしの一存にも行きませんから、遠山に相談して見ますわ」

「なるほど、そうだっけね。君も折角売出して今止めちゃ惜いもんだ。遠山君にもよく言ってくれたまえ」

　そんな事で、私は団長に別れて郊外の家へ帰ってきました。

「随分お待遠《まちどお》だったでしょう。御免なさいね、あたし浅草で例のに会っちゃったのよ。でもね、好い話があるのよ。あら、怒って居らっしゃるの。好いわ、まあ話を聞いて頂戴よ」

　私はカルメンの話をしました。

「俺には好い話じゃあないよ」

「あら、何故でしょう」

「お前はまた上調子の夢を見たがっているんだろう」

「そんなつもりじゃないんだけれど、あなたがお厭だったら止してよ。そりゃあたしだってこうして二人きりの生活は幸福だとは思うけれど、あたしは女ですもの、少しは暮し向きのことも考えますわ」

54

「お前はまた何かというと、金の事ばかり心配しているんだ」

「ええ、そりゃ考えるわ。こんな事を口に出して云っちゃ何だけれど、あたしはそりゃあもうどんな貧乏でもして来たんですから平気ですけれど、あなたはそうはゆきませんわ。あたしこれでも心ではいつもお気の毒に思っているのよ」

「へんに気の弱い事を言うなよ。俺だって、いざとなった日にゃ、生活の自信くらい持っているよ。まさかに髪結の亭主じゃあるまいし、女に働かして食うほど、まだ下等にはなりきらないよ」

「あたしそんな事なんか言ってやしませんのよ。あたしのような者のためにあなたにこんな日蔭者のような生活《くらし》をおさせするのが、あたし辛いの。どうしてこんなに気が弱くなったんでしょう。あたしこの頃、あなたのお母様の事を夢に見て、気になって仕様がないの。あなたもあたしもまだ年が若いんですわ。もっと日向《ひなた》へ出て、晴々《はればれ》と何か仕事をしましょうよ。あなたにはきっと何か素晴らしい事がお出来になってよ」

「まだ俺が世間へ出る幕じゃないよ」

「ああ、あたし好い事を考えついたわ。こうしましょうよ。あなたもあたしと一所にこんどの芝居をおやりにならないこと？」

「まさか」

「それをあたしが演《で》る条件にすれば」

「そんな交換条件はいやだよ」

「いいえ。そんな意味でなく、あたしあなたとでなくちゃ芝居が出来ないって言うのよ。そうすりゃ、あなたの名を辱める事にはならないでしょう。きっとあなたは成功なさるわよ。ね、どう？」

この思附きは、いささか遠山の気に入ったらしいのです。

「あたしあなたの舞台を見たいわ」

十二月

55

遠山には、私が舞台に立って人に騒がれれば騒がれて妬けるし、私が世間へ出ていってどこかで心変りでもしたらという恐れを持っていながら、また一方には、自分の女が、沢山の異性を引附けるコケティシュな力を、自分のものだという意識をもって眺めて怡《たのし》みたい心持も十分にあったのです。

遠山は自分でも舞台に立つことを、とうとう承諾しました。草山へ早速知らせてやると大変喜んで、遠山にはホセをやってくれという、人を持っての返事がきました。

遠山もやっと気が乗ってきて、青木繁という世を忍ぶ芸名で看板をあげることになりました。

二人で稽古に通い出しましたが、郊外からでは不便なので、私達は新家庭を引払って、暮の内にこのホテルへ越して来たのです。

遠山は今まで学校で習った学問を、いよいよ実際にやることになったので、それは大変な意気込で、実際また、非常に成功するように見えました。

春になって、正月の三日から私達の芝居は蓋をあけました。小屋も割れるような満員続きで、私のカルメンよりも、初舞台のホセの方が、とても評判が好かったのです。どんなに愛し合っている仲でも、舞台の上で、自分の役が喰われていつも追込《おいこ》まれて、一方は、当りをとってやんやと喝采されるのは、好い気持のものではありません。遠山は私のそんな所を見ると、ますます私を喰ってきました。遠山の心持では実際は私を歯搔《はがゆ》がってかばってくれるのでしょうが、私にはその時はそう思えないで、じれてじれて、へんてこなカルメンが出来上るのでした。

ホセに愛想つかしを言う所など、自分でも不思議に憎々しげに言えるのです。

56

「あたいもうお前さんが厭になったのさ。ええ、ルウカスが好きだわ」

そういう白《せりふ》を私のカルメンが言う時の、遠山のホセの表情は、一晩一晩と緊張の度を増してきて、苦痛と悔恨と憤怒とがまるで狂暴な火のように、眼の中で燃えているのです。

私は舞台の上で幾度その眼から顔を反《そむ》けたか知れません。そんな時にまた下等な観客は私達の私生活の噂話を舞台の上まで持ってきて、やっかみ半分に、悪罵を浴《あび》せかけるのです。

それに遠山の心持をそんなにさせたのは、今一つの原因があったのです。それはあなたも御存じのように、今度の興行は、草山が米国へゆくについてのお名残芝居で、私も草山に連られて米国へゆくことに内定しているという記事が、初日頃の新聞に出たのです。

その話は、むろん遠山も同席して草山からあったけれど、その返事は暫《しばら》く保留しておいた事で、その記事だけなら、遠山には何にもなかったのですが、ある新聞には、草山と私との間に、何か浮いた情事があったように、さも事実らしい想像で書かれていたのです。溺れる者は藁でも掴むといいますが、恋せる者の迷信や誤解はどう言いとく術もないものです。

「火のない所に煙は上らない」と遠山は言って、私をさいなむのです。

「あたしを信じて下さらない事は、あなた自分をも、私達の愛をも信じないことですわ。どうしてそれがお解りにならないの」そんな理窟《りくつ》は、もう何のたしにもなりませんでした。

遠山は五日目から、もうホテルの私の許へは帰らずに、黙って楽屋を出ると、どこかへいって泊って来ました。そして舞台の上では私をいじめました。

57

いくら風のような女だって、男の好き嫌いはありますわ。会う男ごとに好意が持てるものだと、あなたはお思いになりまして？　そりゃ草山さんとなら、いくらでも機会はありましたわ。でも機会ばかりでそんな関係が出来た日には男も女も一寸《ちょっと》も外へは出られませんわ。遠山はもう何もかも信じなくなったのです。

あの巨《おお》きな火のような眼でにらまれて、芝居ではあるけれど、短刀を刺される時には、私はもう本当に殺されたような気がして、恐ろしさに、そっと心臓を触って見るのです。身体は冷汗でびっしょりになって、毎晩毎晩私は生きた瀬はありません。

でも、考えて見れば、私は小さい時から因果に生れついて、いろんな罪を作ってきたのです。何にも知らない娘だったからと言ってそれは申訳にはなりません。遠山がいくら病的だからと言っても、愛されていることに違いないのです。

だから私は覚悟を決めました。今ではもう恐ろしくも何ともないのです。いつ殺されても好いと思っています。舞台の上で今日は刺されるか、明日は殺されるかと、それを待つような気持にさえなってしまいましたわ。

まあとんだ長話になって終いましたわね。でもあなたに訊いて頂けてほんとに嬉しいと思いますわ。おや、もう芝居へ出る時間ですわ。では、御機嫌よろしく。

萱野沢子が、その晩私の室を出て有楽座へいってから、どの位時間が経ったか、それは後から分ったのだが、カルメンの幕切れに、富士ホテルへ電話が掛かって、沢子が今、舞台の上でホセ役の芸名青木繁の遠山に刺されて死んだという知らせがあった。

解説

末國善己

新聞が最先端のメディアだった明治から昭和初期は、その時々のトピックを積極的に取り入れる新聞連載小説が少なくなかった。夏目漱石「虞美人草」(「朝日新聞」一九〇七年三月二〇日〜七月三一日)には、登場人物たちが東京勧業博覧会を見物に行くシーンがあるが、これは連載中に開催された実際の博覧会で、漱石は観光案内としても使えるほど詳細に描写している。菊池幽芳「寒潮」(一九〇八年一月一日〜四月二一日)は、金沢の第四高等学校で起きた恋愛事件をモデルにしたため、四高生らの抗議で連載中断に追い込まれている。連載当時の最新の風俗を取り入れている「秘薬紫雪」(「都新聞」一九二四年九月一〇日〜一〇月二八日)と「風のように」(「都新聞」一九二四年一〇月二九日〜一二月二四日)は、こうした新聞小説の特性を見事に取り込んでいる。

竹久夢二の新聞小説は、「岬」(「都新聞」一九二三年八月二〇日〜九月一日、一〇月一日〜一二月二日)にしても、自伝的な「出帆」(「都新聞」一九二七年五月二日〜九月一二日)にしても、夢二をモデルにした画家を主人公にしているので、作者と登場人物の距離が近かった。本書『秘薬紫雪/風のように』に収録された中篇二作は、帝国陸軍の軍人と地方から上京した女性を主人公にしており、小説の構成や仕掛けもこっている。したがって竹久夢二の作家としての力量を知るためには、絶対に外せない作品といえるだろう。

日本の近代文学には、二葉亭四迷『浮雲』(金港堂、一八八七年六月、一八八八年二月、「都の花」一八八九〇年七月号〜八月号。中絶)の内海文三、本田昇、お勢、夏目漱石「それから」(「朝日新聞」一九〇九年六月二七日〜一〇月一四日)の長井代助、平岡常次郎、三千代、武者小路実篤「友情」(「大阪毎日新聞」

一九一九年一〇月一六日〜一二月一一日）の野島、大宮、杉子など、友人二人のと女性一人の三角関係を描いた作品が少なくない。陸軍中尉の矢崎忠一、同僚の立花春吉、立花と同郷の雪野の三角関係を軸にした「秘薬紫雪」も、この系譜に属している。

本作は、「矢崎忠一は妻を殺しました」という衝撃的な台詞《せりふ》から始まる（1）。そこから過去に遡《さかのぼ》り、なぜ矢崎は妻を殺したのかという謎で物語を牽引する構成は、画家の葉山草太郎と「揺藍車《うばぐるま》」の女の過去に何があったのかを軸にした「岬」を彷彿させるので、夢二のお気に入りのパターンだったのかもしれない。

笑ったり騒いだりするのが好きな立花は、真面目だが不器用で口下手、陰性な矢崎を「花形《スター》」のえみ子がいる渋谷のカフェ・リラに誘う。現在の山手線の西側にある池袋駅、新宿駅、渋谷駅には東京を代表する繁華街があるが、江戸時代は三ヶ所とも江戸町奉行所の支配範囲を示す墨引の境界で江戸の郊外だった。明治に入った一八七八年、東京市街に一五区が設置されるが、その中に渋谷区はなく豊多摩郡渋谷町だった。渋谷町が、千駄ヶ谷町、代々幡町と共に渋谷区になったのは、一九三二年のことである。渋谷が急速に発展するのは、第一次世界大戦による好景気で都市部に人口が流入し、労働者の住宅が不足して一五区周辺の開発が始まる一九一〇年代半ば以降なので、本作は発展しつつあった渋谷を舞台にしたといえる。江戸の周辺部だった渋谷には大名、旗本の広大な下屋敷が置かれ、それらを買収して一九〇九年に日本帝国陸軍の代々木練兵場と陸軍刑務所が置かれた（現在の代々木公園、ＮＨＫ放送センター、国立代々木競技場、渋谷区役所周辺の一帯）ので、陸軍の矢崎、立花が渋谷を遊び場にしているのは当然のことなのである。

矢崎はえみ子を恋人にすべく奮闘し、立花らも交えて郊外へドライブに行く計画を立てるが、えみ子の関心は立花へ向かっていた。しかも立花は出発前に「ハハキトク」の電報を受け取り、急遽、故郷の会津若松へ帰ってしまう。ここから物語は、舞台を会津若松、そして金沢へと移していく。夢二は一九一一年と一九二一年に会津若松の東山温泉に、一九一七年に金沢の湯涌《ゆわく》温泉に滞在しており、ゆかりの地を選んだといえるが、それだけではないように思える。

一九〇六年、私鉄を国有化する鉄道国有法が公布され、一七の私鉄が国有化された。鉄道院は乗客を増やすため、全国の名所、旧跡を写真入りで紹介し、路線図も付した『鉄道院線沿道遊覧地案内』（鉄道院運輸部、一九一一年六月）を刊行、一九〇三年からは『鉄道旅行案内』に改題し、ほぼ毎年、刊行されるようになる。『鉄道旅行案内』は、一九二一年版（一九二〇年に鉄道院は鉄道省になったので、鉄道省編、発行は博文館、一九二一年一〇月）から大きく変わり、目的地の名所、旧跡だけでなく「汽車の窓から見ゆる景観図」も楽しむよう促し、車窓からの景色の挿絵を鳥瞰図で注目を集めていた吉田初三郎に依頼した。この試みは成功し、電車に乗ること自体が娯楽の一つになり、旅行は寺社仏閣の参拝や教養を深めるためのものではなく娯楽として定着していった。本作が東京、会津若松、金沢で展開するのは、旅行の大衆化を受け、物語の舞台を訪ねたくなるよう（現代的にいえば聖地巡礼）読者の旅情をかきたてる意図もあったのではないだろうか。

会津若松の場面では五郎兵衛《ごろべえ》飴《あめ》を出すなどご当地の名物に気を使っている夢二だが、なぜか兵庫県城崎《きのさき》温泉の「鴻《こう》の湯」の由来を、東山温泉の歴史の中に組み込んでいる。その理由は不明だが、夢二は一九一七年に城崎温泉に行っているので、その時に聞いた「鴻の湯」のエピソードが記憶に残っていたのかもしれない、

会津若松に帰った立花は、立花家の縁戚で母親が我が子のように可愛がっていた雪野と再会する。立花と雪野は、子供の頃にした棒飴を「口で咥《くわ》え両方からだんだんしゃぶってゆく遊び」（14）を思い出すが、この時代にポッキーゲームのような遊戯があったことに驚かされた。

東京に帰った立花は、矢崎がカフェ・リラのえみ子にのめり込んでいるのを知り、二人を遠ざけるため転任運動を始める。無事に矢崎は金沢の連隊へ転属となるが、立花にも金沢への転属命令が出た。赴任前に会津若松へ帰省した立花は、雪野が自分に好意を寄せていることに気付くが、「国家、国家に属する国民、国家の為《ため》の戦争」が「教養」のすべてだった立花（21）は、結婚に踏み出せなかった。

そこに現れた矢崎は、一目見て雪野が気に入り結婚したいという。矢崎は「斡旋《あっせん》の労」を取り二人は結婚する。

二人が金沢へ赴任した翌年の新年会の席で、矢崎は遅れて来た立花が「T、N」と刻まれた女物の「サフォイヤ」の指輪をしているのを目にする。その指輪は、矢崎が雪野に買ったものだったため、矢崎は不貞を疑い、これが悲劇の切っ掛けになる。この展開は、「三百円」との噂もある「金剛石《ダイアモンド》」の「指輪」をはめた資産家の富山唯継《とみやまただつぐ》が正月の骨牌会《かるたかい》に参加したことが、許嫁《いいなずけ》だった間貫一《はざまかんいち》と鴫沢宮《しぎさわみや》（お宮）の仲を引き裂いてしまう尾崎紅葉「金色夜叉」（「読売新聞」一八九七年一月一日〜一九〇二年五月一一日まで六回の中断を挟んで連載。作者の死で未完）を想起させる。日本に結婚指輪を贈る風習が入ってくるのは、キリスト教式の結婚式が行われるようになった明治以降で、大正時代に入ると教会での結婚式でなくても指輪を贈る習慣が広まってくる。玉置一成編『故実と新式日本婚礼式』（岡田文祥堂、一九一六年）は結婚指輪について「欧米の方では、結婚式場に於《おい》て、一生変らぬという証《しょう》に、指輪を贈るのであるが、我邦《わがくに》では結納として婚礼前に贈《おく》て居る。所で指輪を結納に贈るとすれば、純金の高彫でも深彫でも、又は平打、甲丸《こうまる》なんでも可《よ》い、又印台形として聟嫁の比翼紋を彫付《ほりつ》るか、嫁の紋だけ彫て聟の名を裏面に彫るか又宝石となると何百円乃至《ないし》何千円の宝石でもあるから、身分に応じて宝石入の指輪を贈っても可い、そして指輪の裏面へは聟の名の頭字を彫付けて置く」と説明しており、本作の内容に近くなっている。現在では、宝石付きが婚約指輪、石がないリングだけが結婚指輪とされるが、当時はそうした区別はなかったことがうかがえる。

嫉妬に狂った矢崎に殺された雪野を甦《よみが》らせるため、立花が使うのが「紫雪」である。雪野の復活を願う立花が思い出す「キアリント博士の著書『死』の中に『死の誤謬』と『生ける埋葬』」（45）は詳細が不明で架空の本かもしれない。架空の本だとすると、「生ける埋葬」はエドガー・アラン・ポーの短編「早すぎた埋葬」（“The Premature Burial”、一八四四年）あたりを参考にしたように思える。

作中で描かれたように死者を甦らせる効能はないが、「紫雪」は加賀藩が秘薬とした実在の薬である。鈴木昶《あきら》『江戸の妙薬』（岩崎美術社、一九九一年一一月）によると、加賀藩四代藩主の前田綱紀《つなのり》が、一六七〇年に門外不出だった「紫雪（救急薬）、烏犀円《うさいえん》（成人病薬）、万病円（強壮剤）」の製造販売を中屋と福屋に許可した（一六八一年に宮竹屋も加わる）。中屋には「黄金百両、つまり小判七十枚を麻袋に入れ、直径五十センチほどの銅の鍋に八分目の水を張って煮沸する。一方、滑石や石膏を煎出《いりだ》し、羚《れい》羊角《ようかく》、犀角《さいかく》などの動物生薬と沈香・丁香《ちょうじ》・升麻《しょうま》・甘草《かんぞう》などの薬草袋を加えてエキス状にしたものに、小判の袋ごと移すのだ。その間三時間ほど。次いで芒硝《ぼうしょう》と硝石をいれて水を飛ばす。散剤ができると密封して二日間放置し、麝香《じゃこう》と朱砂《しゅさ》を加えて仕上げる」という製法が伝わっている。「紫雪」は「解熱中毒急病の良薬」で「熱病、傷寒、酒毒、吐血、食滞、疝気《せんき》」などにも効能があったようだ。貝原益軒『養生訓』（一七一三年）の「飲酒」には、「薩摩のあわもり」「肥前の火の酒」などの「焼酒の毒にあたらば、緑豆粉《ぶんとうこ》、砂糖、葛粉、紫雪など、皆冷水にて飲むべし」とあるので、紫雪は江戸後期には広く知られていたと思われる。

正倉院に収められた薬物の目録『種々薬帳』には、約六〇の薬種のほかに調剤済の薬品として、紫雪、金石陵、石水氷が記載されている。ただ正倉院にある紫雪と、加賀藩が製造販売した紫雪が同じ製法、薬効なのかははっきりしていない。

夢二の新聞小説は、「岬」にしても、「風のように」にしても、悲劇で終わる作品が多いが、本作は一応のハッピーエンドになっている。ただ友人と夫を捨てる形で結ばれた二人が、その後、幸福になったのかはペンディング扱いになっており、独特の余韻がある。

「風のように」は、妻を亡くし三年ぶりに京都から東京に帰り「向ヶ岡にあった富士ホテル」に滞在していた「私」（1）が、萱野《かやの》沢子からそれまでの人生を聞くことで進んでいく。

富士ホテルは、京都で暮らしていた恋人の笠井彦乃が入院し東京に戻った夢二が、一九一八年一一月から一九二一年七月まで滞在した菊富士ホテルがモデルである。本郷区（現在の文京区）にあった菊富士ホテルは、菊富士楼という下宿を経営していた羽根田幸之助が、一九一四年に上野公園で開催された東京大正博覧会を訪れる外国人観光客向けに開業したホテルだったが、博覧会の終了後は長期滞在者用の下宿に路線変更した。当時としては珍しく部屋に鍵がかかった菊富士ホテルは、プライバシーを重視する文化人に愛され、夢二のほかにも、谷崎潤一郎、宇野浩二、尾崎士郎、正宗白鳥、広津和郎らが宿泊した。菊富士ホテルは、本郷区菊坂（現在の文京区本郷五丁目）にあり、作中にある向ヶ岡（本郷区向ヶ岡弥生町。現在の文京区弥生二丁目）とは場所が違っている。現在、文京区弥生二丁目に竹久夢二美術館（弥生美術館と同じ建物）があるのは、偶然だろうが面白い。

夢二は、菊富士ホテルでモデルのお葉（永井カ子《ネ》ヨ。お葉は夢二が付けた別名）を紹介されており、山形県出身の沢子の造形には、同郷のお葉の影響も見て取れる。

上京した沢子は紆余曲折を経て舞台女優になり、『恋愛三昧』と『カルメン』に出演する。『恋愛三昧』（*Liebelei*、一八九五年）は、オーストリアの医師、小説家、劇作家のアルトゥル・シュニッツラーの作で、森鷗外が翻訳（「歌舞伎」一九一二年四月号～一九一三年九月号）し、鷗外訳が黒猫座で初演（一九一四年三月）され、一九二四年と一九二五年には築地小劇場でも上演されている。

『カルメン』（*Carmen*、一八四五年）はフランスの作家プロスペル・メリメの小説だが、同作を題材にしたフランスの作曲家ジョルジュ・ビゼーのオペラ『カルメン』（一八七四年初演）の方が有名かもしれない。日本人によるオペラ『カルメン』は、一九二二年に浅草の金龍館で根岸大歌劇団が初演（いわゆる浅草オペラの一作）し、清水静子がカルメン、田谷力三がホセを演じ、コーラスの一人には後に喜劇王と呼ばれる榎本建一がいた。

『カルメン』は、スペインで調査中の考古学者が、美しく情熱的なロマの女性カルメンに魅了され転落したホセから話を聞く体裁になっているが、これは「私」が沢子から身の上話を聞く本作を思わせる。また沢子が勤め先を変えるたびに恋愛トラブルに巻き込まれる展開は、バイオリン弾きの娘クリスチイネと、人妻と不倫をしている恋人フリッツの関係を軸にした『恋愛三昧』に近い。物語の後半、行き場を失った沢子は、女給をしていたカフェの常連で学生の三輪の下宿を訪ねるが、これはフリッツが大地主の御曹司で学生という設定を意識したのかもしれない。第24話に「クープリンのヤーマより」とあることからも分かるように、本作は作中で引用した海外文学と対応する構成になっており、原典を知っているとより楽しめる。「クープリンのヤーマ」は、ロシアの作家アレクサンドル・クプリーンの『マーヤ』（*Яма*、一九〇九年～一九一五年）のことで、ある大都市の売春地帯の娼家と娼婦の実態をルポルタージュのように活写した作品である。

酒田にある造り酒屋の妾腹の娘として生まれた沢子は、本妻に子供がいなかったことから父の家で育てられたが、家業が傾いた頃に父を亡くし実母に引き取られた。貧しい母には景気よく飲み食いする男がいて、沢子は金を稼ぐために「恋の辻占《つじうら》」を売り始めるが、得意先の茶屋の「御内儀《おかみ》さん」の勧めで座敷に酒を運ぶようになる。そこで呉服屋の山三の息子に見初められた沢子だが、酒屋の息子に魅《ひ》かれていた。だが母の男に売られた沢子は、山三の息子に肉体関係を強要される。この時一三歳だった沢子には「男を憎む心持が育」ち（10）、母を養える仕事を探すため東京に向かう。

沢子が東京に出たのは連載時期と重なる一九二〇年代半ばと思われるが、この頃の日本は、自由主義と女性解放運動の広がり、軽工業から重工業へのシフト、大衆消費社会の到来でサービス業が拡充するなど、社会と産業の構造が変化し都市部を中心に新たな仕事が生まれ、女性も貴重な労働力と見なされるようになった。明治時代から看護婦、産婆、教師などとして働く女性はいたが、大正から昭和初期にかけてタイピスト、事務員、電話交換手、電信係、美容師、（女性雑誌の創刊ラッシュを受け）記者、バスの車掌、女給などが新たな女性の仕事となり、職業婦人という言葉も一般化する。ただ女性に良妻賢母を求める風潮は強く、職場に女性が入ることへの反発もあり、職業婦人は個人主義、自由恋愛を主張し、断髪、洋装で街を歩くモダンガールと同一視され、バッシングを受けている。

東京に出た沢子は、神田の結髪を経て銀座裏にあるカフェ「青い鳥」の女給になる。日本でのカフェ文化の始まりは、銀座にプランタン、パウリスタ、ライオンが開業した一九一一年である。ヨーロッパのカフェを模したプランタンは洋食や酒も出していたが、給仕だけは男性中心の本場を真似ず、若い女性を使った。このプランタンのスタイルが日本のカフェのスタンダードになるが、パウリスタのように給仕を男性が行うカフェもあり、女性の呼び方もウエーターレッスや女ボーイなど様々だった。カフェという新文化を紹介した「読売新聞」の記事（一九一三年一一月三〇日）では、カフェの店員は「先《ま》ず女の職業としては良い部類」としていた。ただ石角春之助『銀座海防図第一篇変遷史』（丸の内出版、一九三四年一〇月）によると、一九一四年から一五年頃になると「エロ的」な女給も増え、年齢も「少女」から「年増」に変わったとするが「エロサービスなどを強要する不心得者は少なかった」という。関東大震災後に復興した東京ではカフェが急増し、競争を勝ち抜くため美人の女給を集める銀座のタイガーのような店も現れた。カフェで働く女性を女給と呼ぶのが定着したのが関東大震災の前後で、銘仙の上にエプロンという衣装も同じ時期に普及したようである。関東大震災後のカフェは、男性客が女給を目当てに通うようになり、純粋に休憩や飲食を楽しむ喫茶店、料理店を、カフェと区別する職業紹介所も出てきた。一九三〇年代に入ると大阪発でエプロンを取った女給が客の隣に座って接待するエロ・サービスが始まり、東京でも似たサービスのカフェが増える。警察も取り締まりに乗り出し、一九三九年には女給の数が制限されエロ・サービス系のカフェは衰退していった。女給目当ての客はいるがエロ・サービスはない「青い鳥」は、関東大震災後の都内カフェの実像を的確に伝えており、沢子は最新の都市風俗の中で働いていたのである。

女給になった沢子は、大谷男爵と息子の俊一にいい寄られたことで「青い鳥」には居場所がないと感じ、突発的にタクシーで逃走し、雑司ヶ谷の下宿に住む常連の大学生・三輪に助けを求める。三輪とその友人たちは、沢子に「午前は算術と歴史と国語」、「午後は博物と手芸」、「夜は習字と音楽」などの学問を教え始めた（24）。一九〇三年に専門学校令（専門学校は、太平洋戦争敗戦後の学制改革で新制大学に移行）が施行されたが、認可を受けた女子専門学校は三校だけだった。この状況が変わり、女子専門学校の数が増えるのが一九二〇年以降で、教員養成に必要で女子教育の主流だった国文学、外国語に加え、医師、歯科医、薬剤師を養成する専門性の高い学校や、料理、裁縫などを教える職業・家事訓練の学校まで幅広い専門学校が創設された。高等教育を受けられる女性は富裕層に限られていたが、都市部ではホワイトカラーの増加で中間層も厚くなり、進学を望む卒業生のニーズに応えるため既存の女学校が専門学校部を設置したことや、高等教育を受けた女性が結婚して家庭に入ったとしても、子供の教育に活かせるという国の期待もあり、その数は増えていった。「学校教育ばかりが教育じゃないよ」として「作文」や「手芸」といった「実際的な学科」も教える三輪たちの教育方針は、料理、裁縫などが高等教育に取り入れられて教員免許も取得できるようになり、良妻賢母という枠組みを超えて家事が女性が生きるためのスキルになった時代の流れを反映している。明治中期に人気だった家庭小説が、女性読者に西洋の進んだ料理、衛生、家庭経済、一八九八年に施行された民法（いわゆる明治民法）が定めた家庭観を啓蒙する役割を果たしたように、本作も新しい時代を生きる女性には従来以上の教育が必要だということを伝える意図があったように思える。

三輪の友人は、沢子に行う教育案の一つに「三輪のウィリアム・モリスの講義」を挙げている(22)。モリスは一九世紀のイギリスで活躍した詩人、デザイナーで、産業革命で大量生産の商品があふれ、都市は煤煙で汚染され、労働者が劣悪な環境で働かされている現状を憂えてマルクス主義に傾倒した。粗悪な大量生産品を批判したモリスは、手仕事に回帰して生活と芸術を一致させるデザイン思想「アーツ・アンド・クラフツ運動」を提唱、モリス商会を設立して本の装幀や壁紙、家具などのインテリアの製造販売を行った。若い頃は社会主義運動の機関誌にコマ絵を発表した夢二は「朝暮小感」（「婦人画報」一九二五年特別増大婦人洋装号）中に、「『吾々《われわれ》の住むこの地上をして、より美しく幸福ならしめることが吾々の任務である』ウィリアム、モリスは屢々《しばしば》そう言っている。モリスは政治的な社会革命家からみたらなまぬるい一人の夢想家に過ぎなかったが、詩人として、工芸図案家として、生活を愛する一人の藝術家として、モリスは完全な模範的市民であった」と書いており、本作に名前を出したことからもモリスへの深い尊敬が読み取れる。

「手芸」と「音楽」を除く勉強は好きではなかった沢子だが、三輪たちと楽しく平穏な毎日を送っていた。だが沢子は三輪の友人の一人「N」から好意を告げられたことで迷いが出てくる。三輪たちと上野の音楽会へ行った沢子は、「青い鳥」の常連だったシネマ俳優・清水清二郎と再会する。清水と肉体関係を持ち、さらに酒田時代に好きだった酒屋の息子・平野が上京し母に結婚したいと告げるなど、沢子は波瀾に見舞われてしまう。迷える沢子は、「道をはぐれた女優だの、音楽家志望の田舎娘だのを集めた、風変りな芸者屋」のような浅草の「歌劇団」の女優になることを勧められ(41)、そこに入り頭角を現すが、今度は劇団の「保護者」遠山に振り回されてしまう。

沢子は次々と恋愛トラブルに見舞われるが、それは沢子が主体的に男性を翻弄したのではなく、い い寄ってくる男性に振り回される巻き込まれ型である。東京で働いているのも、自立して母を養うという目的があるので、咎《とが》められる要素はない。そのため女優として認められた沢子が渡米して幕を降ろすハッピーエンドもあり得たはずだが、夢二は悲劇を選択している。橘高廣『現代娯楽の表裏』(大東出版社、一九二八年)が「日本のモダーンガール」は「大地震後の産物で、所謂《いわゆる》新しい女ではない、洋装はして居ても、ラヴメーキングの手際や、男とジャラつく所はゲイシャガールと同一だ、但《ただ》し職業的ではない、つまり洋装とフラッパーがモダーンガールを特徴づけ、オフィスガールとウェートレスが其等《それら》を代表して居る」と書いたように、自立したい職業婦人も、大衆消費文化に飲まれたモダンガールも、西洋文化を礼賛し日本の伝統を破壊する脅威と考える日本人が多かった。現代人から見ると沢子は何も悪いことはしていないが、女性の自立が白眼視されていた時代に沢子を肯定的に描くのは難しく、その結果が本作のラストに繋がったような気がしてならない。これは、自分の意見をはっきり主張し、親が決めた結婚を拒否した『虞美人草』の藤尾がたどった末路に近いものがある。本作のラストは、時代の限界と、当時の常識に縛られていた夢二の限界を教えてくれるのである。

【著者・解説者略歴】

竹久夢二（たけひさ・ゆめじ）

画家・詩人・デザイナー・作家。1884年岡山県生まれ（本名・茂次郎）。1901年に上京し、翌年、早稲田実業学校に入学。1905年、平民社の機関誌「直言」にコマ絵を発表、その後「平民新聞」にも絵や文章を発表する。翌年には「東京日日新聞」、「女学世界」、「文章世界」などからも依頼を受けるようになり、早稲田実業学校を中退。1909年に初の画集『夢二画集　春の巻』（洛陽堂）を刊行。1914年、日本橋に自身がデザインした小物などを売る「港屋」を開業。以降、画家、詩人、グラフィックデザイナー、翻訳家、小説家として幅広い活躍を続ける。1931年から33年にかけて欧米各国を訪問。1934年、49歳で逝去。小説作品に、「岬」（1923）、「秘薬紫雪」（1924）、「風のように」（同）、「出帆」（1927）などがある。

末國善己（すえくに・よしみ）

文芸評論家。1968年広島県生まれ。編書に『国枝史郎探偵小説全集』、『国枝史郎歴史小説傑作選』、『国枝史郎伝奇短篇小説集成』（全二巻）、『国枝史郎伝奇浪漫小説集成』、『国枝史郎伝奇風俗／怪奇小説集成』、『野村胡堂探偵小説全集』、『野村胡堂伝奇幻想小説集成』、『山本周五郎探偵小説全集』（全六巻＋別巻一）、『探偵奇譚 呉田博士《完全版》』、『《完全版》新諸国物語』（全二巻）、『岡本綺堂探偵小説全集』（全二巻）、『戦国女人十一話』、『短篇小説集 軍師の生きざま』、『短篇小説集 軍師の死にざま』、『小説集 黒田官兵衛』、『小説集 竹中半兵衛』、『小説集 真田幸村』（以上作品社）などがある。

秘薬紫雪／風のように

2022年12月25日初版第1刷印刷
2022年12月30日初版第1刷発行

著　者　竹久夢二
解　説　末國善己

発行者　青木誠也
発行所　株式会社作品社
〒102-0072　東京都千代田区飯田橋2-7-4
TEL.03-3262-9753　FAX.03-3262-9757
https://www.sakuhinsha.com
振替口座00160-3-27183

装　幀　水崎真奈美（BOTANICA）
本文組版　前田奈々
編集担当　青木誠也
編集協力　鶴田賢一郎
印刷・製本　中央精版印刷株式会社

ISBN978-4-86182-942-0 C0093